KB059078

"······우와, 굉장해.
이런 감촉이었구나.
정말로 부드러워요······."

프람
Pullum
알카드 출신의 기사학과 소녀.
알카드의 왕자인 라티에게
호감을 품고 있다.

잉그리스
(크리스)
Inglis
먼 미래에서 미소녀로 전생한 전 영웅왕.
현재 북쪽의 나라 알카드에서
잠입 임무 중.

"으으······. 이, 이제 됐지?
창피하니까 여기까지만······."

『이해할 수가 없군. 이 에테르의 파장은 분명
그 늙은 왕의 것이었을 텐데……?!』

신룡
후페일베인
Ancient Dragon/Fufailbane

알카드의 땅속 깊이 잠들어 있던 신룡
전세의 잉그리스 왕과
인연이 있다.

가련한 꽃처럼 미소 짓는 잉그리스의 모습을 보고
신룡은 당혹감을 드러냈다.
물론 이 거대한 용에게 표정은 없었지만, 고개를
기울여 눈앞의 소녀를 유심히 살피는 것이었다.

"반갑습니다. 오랜만에 뵙는군요.
여전하신 것 같아서 다행이에요."

이벨
Evel

아크로드라는 높은 직급의 하이랜더.
흑가면에 의해 소멸된
줄로만 알았으나…….

"하하하핫!
농담은 관둬라.
네깟 게 나를 쓰러트릴 수 있을 것 같으냐……!"

커버 그림, 본문 일러스트 | Nagu

Eiyu-oh,
Bu wo Kiwameru tame
Tensei su.
Soshite, Sekai Saikyou no
Minarai Kisi "우".

CONTENTS

"앞가슴을 살짝 노출하고, 양쪽 소매에 하늘하늘한 장식을 다는 거야."

"흠흠…… 이렇게?"

"맞아, 그거야! 역시 라니라니까."

"헤헤, 크리스를 꾸미는 건 원래부터 내 특기잖아~ ♪"

라피니아가 가슴을 펴고 자랑스럽게 말했다.

현재 잉그리스와 라피니아는 구멍이 뚫린 플라이 기어 포트의 갑판 위에 종이를 펼쳐놓고 즐겁게 대화를 나누고 있었다.

잉그리스는 자신이 생각한 디자인을 라피니아에게 주문했고, 이를 들은 라피니아는 종이에다 하늘하늘한 장식이 달린 의례용 드레스를 그려나갔다.

"색깔은 하늘색과 하얀색인가? 예쁘다~. 이런 데서 입기에는 좀 추워 보이지만."

"걱정 마. 다시 금방 따뜻해질 테니까."

"응? 무슨 뜻이야? 나는 마인무구 같은 옷은 못 만들어."

"자잘한 건 신경 쓰지 말래도. 어때, 만들 수 있겠어?"

"글쎄. 일단 가져온 물자는 무사했으니……."

라피니아는 그렇게 말하며 짐 더미 중 하나에 상반신을 푹 파묻었다.

"영차……! 이것 봐, 발견했어! 이거라면 만들 수 있을 거야!"

다시 상체를 일으킨 라피니아의 손에는 연한 하늘색과 하얀색의 옷감이 쥐어져 있었다.

"오……! 다행이다. 그러면 바로 좀 부탁할게."

"응! 나한테 맡겨!"

그때 누군가가 두 사람을 타이르듯 외쳤다.

"잠깐만, 얘들아……! 지금은 옷이나 만들면서 놀고 있을 때가 아니지 않을까?"

해방된 릭클레어의 생존자들 사이에 섞여 있던 알카드의 기사 중 한 명이었다.

20대 중반 정도의 나이였지만 살아남은 기사 중에서는 가장 직위가 높았기에 그들을 대변하고 있었다. 이름은 루인이었다.

"어딘가 쓸데가 있는 거지, 크리스?"

라피니아가 잉그리스에게 물었다. 애초부터 의심하지도 않았던 모양이었다.

"응? 뭐, 일단은. 이건 신룡의 목소리를 듣기 위한 무녀복이야. 이 옷을 입으면 신룡과 교신할 수 있다나 봐."

있다나 봐, 라고 표현했지만, 잉그리스는 왕이던 시절에 보았던 광경을 라피니아에게 고스란히 전달했을 뿐이다. 자신을 신룡의 무녀라 칭하던 여성이 무녀복을 입고 신룡 후페일베인과의 교신에 임했던 것이다.

의상 자체에도 미약한 마나가 깃들어 있기는 한 모양이었지만, 그보다는 신룡이 무녀복을 보고 적의를 가라앉힌다는 점이 중요해 보였다. 조금이라도 교신에 응할 마음을 이끌어내는 데 의의가 있는 것이다.

무녀가 말하길 오랫동안 젊은 소녀를 산 제물로 바치면서 형성된 신룡의 습성이라는 듯했다.

따라서 구색을 갖춘다면 잉그리스도 신룡과 교신을 할 수 있을 터였다.

도대체 이 세상에 무슨 일이 벌어진 것인지 신룡에게 꼭 물어보고 싶었다.

그리고 교신을 마친 뒤 산 제물인 자신을 공격해 준다면 일석이조. 바라던 바였다.

적어도 신룡 건에 한해서는 전생의 몸보다 지금의 몸이 훨씬 유용하다고 생각하는 잉그리스였다.

"교신? 저거랑 대화하고 싶다고?"

라피니아가 발밑에 펼쳐진 거대한 구덩이를 가리키며 말했다.

한때 릭클레어 마을이 존재했던 구덩이 한가운데에는 용의 꼬리가 아름드리나무처럼 솟아나 있었다.

릭클레어를 수탈한 교주련의 하이랄 메나스, 티파니에를 패퇴시킨 잉그리스 일행은 전장에서 떨어진 장소에 착륙시켜 놓았던 플라이 기어 포트를 이곳으로 옮겨왔다.

티파니에의 공격으로 선체가 손상을 입기는 했지만 응급 처치를 통해서 느린 속도로나마 비행 기능을 회복시킬 수가 있었다.

플라이 기어 포트로 복귀해 이곳으로 옮겨 오기까지 한나절.

그동안 신룡의 꼬리에 별다른 변화는 없었다.

"응. 감사히 먹겠다는 말 정도는 해줘야 하지 않겠어?"

"아하핫. 그것도 그렇네."

"역시 먹을 작정이구나……!"

레오네가 반쯤 질렸다는 듯이 말했다.

"저, 저희야 둘한테 익숙해져서 괜찮지만, 과연 다른 분들이 수긍하실지……."

리제롯테의 우려대로 알카드의 기사 루인은 더더욱 납득할 수가 없다는 눈치였다.

"잠깐, 잠깐만……! 저게 뭔지는 몰라도 당장 눈에 띄는 움직임은 없으니 내버려 두면 되잖아. 최소한의 감시 인원만 남겨 놓으면 충분해. 그보다는 왕도로 향하는 게 급선무다. 하이랄 메나스를 물리쳤다는 사실을 폐하께 전해드려야 해."

"그래서 저희한테 빌린 플라이 기어로 국경 주둔지에 연락책을 보냈잖아요?"

"아니, 라티 왕자님께서 당당하게 왕도로 입성해 개선식을 거행해야 한다는 뜻이다……! 그렇지 않으면 이 커다란 공로를……!"

"아무것도 하지 않고 방관하던 자들에게 무마당할 것이다, 이 말씀인가요?"

"그래. 라티 왕자님 덕분에 부지한 이 목숨, 그분께 바치기로 각오했다……! 왕자님을 생각해서 하는 소리야……!"

이 기사의 주장도 이해는 되었다.

앞으로 나라의 중추에서 벌어질 권력 다툼에 뒤처지면 안 된다는 뜻이리라.

라티에게 충성하겠다는 말도 사실일 가능성이 컸다. 물론, 한편으로는 자신의 입신양명을 위한 판단이기도 할 터였다.

잉그리스도 그것을 나쁘게 볼 생각은 없었다. 라티가 왕이 된다면 필요한 아군일 테니까.

하지만 아직 일렀다.

"아뇨, 그건 안 됩니다. 돌아가기엔 너무 일러요. 아직 중요한 문제가 남아있습니다."

잉그리스가 고개를 가로저으며 말했다.

"……무슨 뜻이지?"

루인이 잉그리스에게 물었다.

"확실히 하이랜드에서 내려온 하이랄 메나스의 위협은 사라졌습니다. 하지만 이곳 릭클레어 주변의 주민들은 티파니에의 약탈로 인해 굶어 죽어가고 있습니다. 이대로는 식량 부족으로 대량의 아사자가 발생하고 말 겁니다. 이 주민들을 내버려 두고 이곳을 떠난다면 하이랄 메나스를 방치하는 것하고 뭐가 다르죠? 결국 주민들이 맞이할 운명은 똑같지 않나요?"

루인은 그 말을 듣고 흠칫했다.

어쩌면 릭클레어에서 오랜 감옥 생활을 하느라 주변 지역의 상황을 제대로 파악하지 못하고 있었던 것일지도 몰랐다.

"화, 확실히 그 정도로 심각한 상황이라면 모른 척할 수 없겠군……. 주민들이 식량난에 빠진 건 언제쯤이지? 너희도 직접 본 건가?"

"지극히 최근이에요. 저희는 이곳으로 오는 동안 수많은 사람이 굶주림으로 고통받는 모습을 봤어요!"

"사실이야. 나도 함께 있었거든. 얼른 무슨 조치를 취해야 해."

라티가 라피니아의 뒤를 이어 말했다.

"흐음…… 그랬군요. 잠깐, 그렇다면 오히려 더 라티 왕자님이 왕도로 가셔야 하는 것 아닙니까?! 국왕 폐하께 식량 원조를 부탁드려야 하니까요! 국경 주둔지의 식량을 나눠 받아도 되고요! 왕자님이 함께 계신다면 한층 더 설득이 수월할 테지요!"

"과연 일이 그렇게 잘 풀릴까요? 사태는 일각을 다투고 있어요."

"하지만 식량이 없으니 결국 다른 곳에서 가져오는 방법밖에 없잖나. 뭐라도 해야……."

"아뇨, 식량이라면 저곳에 있잖아요. 보세요."

잉그리스가 저 밑으로 보이는 신룡의 꼬리를 가리키며 말했다.

대화가 다시 신룡 후페일베인에 대한 화제로 되돌아온 셈이었다.

"……! 저, 저걸 쓰러트려서 주민들에게 식량으로 공급할 생각인 건가……?!"

"네. 그게 제일 빠르고 확실한 방법이니까요."

잉그리스가 미소를 지으며 루인에게 말했다.

애초에 신룡을 식량으로 삼을 생각이 없었다면 티파니에와 하림이 식량을 가득 모아두었을 릭클레어를 순순히 넘겨주지도 않앉다.

적어도 식량만큼은 무조건 회수했을 것이다.

하지만 그러려면 교섭은 더욱 복잡해졌을 것이고, 식량을 옮기는 데도 상당한 시간이 허비되었을 것이다.

기절한 티파니에가 깨어나서 교섭 자체가 결렬되었을 가능성도 있다.

티파니에는 청순한 소녀처럼 보이는 모습을 하고 있지만 실제로는 교활하고 셈이 뛰어났다.

에리스나 리플처럼 마음씨까지 아름다운 하이랄 메나스와는 근본적으로 다른 존재였다.

주민들의 식량 확보가 필요하다는 이쪽의 사정을 꿰뚫어 보고 성가신 조건을 제시해 올 것이 뻔했다. 게다가 신룡의 존재를 통해서 전임자 이벨에게 무언가 숨겨진 목적이 있다고 판단했을지도 모른다. 그렇게 되면 얌전히 떠나려 하지 않을 수도 있었다.

물론 그때는 잉그리스가 무력으로 완전히 끝장을 내버리면 될 뿐이다.

하지만 대신에 잉그리스는 여력을 남기지 못했을 테고, 신룡이 곧바로 날뛰었을 경우 대처할 수 없었을 것이다.

그래서 잉그리스는 티파니에가 잠들어 있는 사이 그녀의 안전을 제일로 여기는 하림과 후다닥 교섭을 끝내버렸다. 귀찮은 상대는 쫓아내 버리는 게 제일이었다.

그리고 주민들의 굶주림은 릭클레어에 남아있는 식량을 되찾는 대신 신룡으로 해결하기로 했다. 이러면 티파니에의 방해 없이 신룡과도 싸울 수 있고, 맛있기로 소문이 자자한 용 고기를 먹는 것도 가능했다. 잉그리스가 하림과 교섭을 하기로 마음먹었을 때는 이미 계산을 전부 끝마쳐 놓은 상태였다.

물론 결과적으로 신룡이 날뛰는 일은 일어나지 않았고, 잉그리스의 걱정이 과했던 것은 사실이다. 하지만 이건 어디까지나 결과론에 불과했다. 그 당시의 판단 자체에 잘못이 있다고 보기는 힘들었다.

어쨌든 한나절에 걸쳐 피로는 상당히 회복된 상태였다. 하룻밤만 더 자면 완전히 회복할 수 있을 터였다.

"여기서 고기를 확보해 주민분들의 식량 부족을 해결하기로 하죠. 이때 라티가 전면에 나서서 주민분들을 돕는다면 라티의 명성도 더욱 높아지지 않겠어요? 아직 공적을 쌓을 기회가 있으니 돌아가기에는 이르다고 말씀드린 거예요."

잉그리스로서는 이 대목에서도 라티가 전면에 나서주길 원했다.

그래야만 이번 일로 생겨나는 공적과 명성을 라티에게 떠넘길 수 있기 때문이다.

"과, 과연……! 그런 뜻이었나! 미, 미안하다. 깊은 생각이 있다는 것도 모르고……. 용서해 주길 바란다."

루인은 잉그리스를 다시 봤다는 듯이 머리를 깊이 숙였다.

하지만 라피니아는 그 이상으로 기뻐하며 눈을 반짝이고 있었다.

"제법인걸! 잘했어, 크리스! 맛있는 음식에 눈이 멀기만 했던 건 아니었구나……! 기특해, 기특해!"

잉그리스를 덥석 끌어안으며 머리를 쓰다듬는 라피니아.

라피니아가 기뻐하는 모습은 잉그리스도 보기 좋았다. 하지만…….

"잠깐만 라니. 음식에 눈이 멀었다니 무슨 뜻이야? 다 알고서 동의한 거 아니었어?"

"……어? 구, 굶주린 크리스가 이성적으로 행동할 것 같지도 않고……. 나도 배가 고파서 그만……. 에헤헤."

라피니아는 혀를 빼꼼히 내밀고 귀여운 표정을 지어 보였다.

얼버무리려는 것이 뻔히 보였지만, 잉그리스는 손녀딸을 바라보는 할아버지의 심정으로 용서할 수밖에 없었다.

"……."

잉그리스는 더 이상 아무 말도 하지 않고 레오네와 리제롯테를 바라보았다.

"굉장해! 훌륭한 생각이야!"

"대단해요!"

두 사람 역시 환한 얼굴로 외쳤다.

"…………."

보아하니 두 사람의 인식도 라피니아와 별반 다르지 않은 듯했다. 살짝 서운했다.

대체 그녀들은 평소에 잉그리스를 어떤 사람이라고 생각하고 있는 것일까.

"……어쨌든, 그렇게 됐으니 무녀복을 부탁할게."

"알았어! 갑자기 의욕이 샘솟는걸!"

"저도 도울게요! 돕게 해 주세요……! 뭐라도 도움이 되고 싶어요……!"

"고마워, 프람. 곧바로 시작하자!"

"그러면 나는 싸우기 전에 배를 좀 채워두기로 할까."

플라이 기어 포트 안에는 아직 약간의 식량이 적재되어 있었다.

이제부터 신룡의 고기를 대량으로 획득할 예정이니 남아있는 식량은 먹어치워도 괜찮을 것이다. 배가 고프면 제 실력을 발휘할 수가 없다.

"앗! 치사해, 크리스! 나도 배고프단 말이야! 혼자서만 먹을 생각 마!"

"하지만 라니는 서둘러 무녀복을 만들어야 하잖아."

"배가 고프면 손이 떨려서 옷의 품질이 떨어진다고! 크리스한테 입힐 옷인데 대충 만들 수는 없잖아……. 그러니 우선 밥부터!"

"아하하. 그러면 제가 먼저 작업하고 있을 테니까 라피니아는 식사하고 오세요."

"응! 고마워. 부탁할게, 프람."

"자, 그럼……."

""레오네, 밥해 줘!""

잉그리스와 라피니아가 만면에 미소를 지으며 외쳤다.

"어휴. 맨날 나한테만 의지한다니까……."

""레오네가 만들어 준 밥이 제일 맛있는걸.""

"뭐, 칭찬을 받으면 나도 기쁘지만……. 그래, 그래. 알았어. 조금만 기다려."

이러한 잉그리스 일행의 모습을 지켜보던 루인은 다시 불안해져서 라티에게 물었다.

"라티 왕자님…… 정말로 저분들께 맡겨도 괜찮은 걸까요? 아무리 봐도 평범한 소녀들인데 말이죠……. 귀엽고 흐뭇한 광경이기는 합니다만, 저 연약한 소녀들이 거대한 괴물을 타도할 수 있을 것 같지는 않습니다."

"응? 걱정 마. 네가 그런 소리를 할 수 있는 것도 지금뿐일걸."

"예……? 무슨 뜻입니까?"

"우선 저 녀석들이 식사하는 모습을 보면 귀여움 따위 훨훨 날아가 버리겠지. 그리고 싸우는 모습을 보면 연약하다는 인상도 산산조각이 나버릴걸. 하이랄 메나스는 잉그리스가 거의 혼자서 물리쳤어. 만약 저 녀석이 용을 쓰러트릴 수 없다면 이 나라의 누구도 쓰러트릴 수 없다는 뜻이야."

"그, 그 정도입니까?"

루인이 숨을 집어삼킨 그때였다.

"잠깐, 라티! 무슨 대화를 나누고 있는지는 모르겠지만, 릭클레어에 도착하기 전에 했던 말, 난 아직 기억하고 있다구! 식사 준비가 끝나기 전까지는 여유가 있으니까 마침 잘됐네! 얼른 와서 말해버려!"

릭클레어로 출발하기 전, 라티는 말했다. 하림의 배신으로 입지가 위태로워진 프람을 구하기 위해서라면 왕이 되어 권력을 행사하는 것도 불사하겠다고.

그러자 라티의 각오를 들은 라피니아 일행은 프람에게 프러포즈를 해야 한다며 한바탕 소란을 벌였다. 지금 라피니아는 그날의 발언을 언급한 것이다.

"시끄러워! 지금은 그럴 상황이 아니잖아! 사태가 완벽하게 정리되면 할 거야, 완벽하게 정리되면! 그리고 이렇게 중요한 문제를 식사 전의 시간 보내기로 써먹지 마!"

"뭐어? 약속이랑 다르잖아!"

"애초에 약속한 적도 없거든!"

"무슨 이야기인가요? 왠지 즐거워 보이네요."

결국에는 프람이 대화에 끼어들고 말았다.

"우와앗! 아무것도 아냐, 아무것도! 너는 빨리 잉그리스의 옷이나 만들어 줘! 한시가 급하니까⋯⋯!"

라티는 그렇게 허둥지둥 얼버무렸다.

"응, 딱 맞네! 엄청 귀여워! 정말이지 크리스는 뭘 입어도 어울린다니까. 만들어 입히는 보람이 있어~♪"

눈밑에 다크서클을 드리운 라피니아가 손거울로 잉그리스를 비춰주며 말했다.

무녀복을 입은 거울 속 잉그리스의 모습은 멋지고 당당했다. 반대로 노출이 많은 어깨와 가슴 부분은 요염함을 자아내고 있었다. 한마디로 매력적이었다.

기회만 된다면 전신거울 앞에서 혼자 느긋하게 감상해 보고 싶을 정도였다.

"동감이에요. 피부도 엄청 매끈하고, 가슴도 크고……. 부러워라."

라피니아와 마찬가지로 눈밑에 다크서클을 드리운 프람이 눈동자를 반짝이며 말했다.

"그러면 한번 만져볼래? 말랑말랑해서 기분 좋거든, 이게."

"라, 라니……! 멋대로 주무르지 마!"

"뭐 어때, 고생해서 옷도 만들어 줬잖아. 몸으로 갚아!"

"윽……?!"

"자, 프람. 사양하지 말고 만져봐. 얼른, 얼른."

"그, 그럼 어디…… 우와, 굉장해. 이런 감촉이었구나. 정말로 부드러워요……."

"으으……. 이, 이제 됐지? 창피하니까 여기까지만……."

"리제롯테도 만져볼래? 지금이라면 공짜로 만질 수 있어."

이곳은 플라이 기어 포트의 갑판에 설치된 야영용 텐트 안이었다.

잉그리스, 라피니아, 프람뿐만 아니라 레오네와 리제롯테까지

총 다섯 명이 사용하고 있었다.

라티와 루인, 알카드의 기사와 릭클레어의 생존자들도 각자 텐트에서 쉬고 있었다.

넓은 원형으로 이루어진 플라이 기어 포트의 갑판은 많은 인원도 안전하게 휴식할 수 있도록 튼튼하게 설계되어 있었다. 수십 명 규모의 인원을 수용하는 이동 거점의 역할을 다하기 위함이었다.

한편 라피니아의 제안을 받은 리제롯테는 크흠, 하고 헛기침을 했다.

"무, 무슨 말씀이신가요. 남사스럽게."

역시 리제롯테는 성실하고 조신한 귀족 아가씨였다.

정작 이 자리에서 가장 파렴치한 사람도 빌포드 후작가의 따님이었지만.

어쨌든 잉그리스로서는 고마울 따름이었다. 이것으로 대화의 흐름이 변할 테니까. 하지만……

"그래도 뭐, 굳이 부탁하신다면야……. 저한테 부족한 게 무엇인지 알아두는 것도 중요하니까요."

"리제롯테까지……!"

라피니아와 프람은 가녀린 체형이었기에 가슴의 발육이 영 시원치 않았다.

반면에 리제롯테는 없지는 않은, 평균적인 가슴의 소유자였다. 그렇지만 실은 본인도 내심 관심이 있었던 모양이다.

"잘 생각했어♪ 자, 출렁출렁 흔들어 봐."

"와아……. 상당히 묵직하네요. 굉장해요……."

이렇게 된 이상 의지할 사람은 한 명밖에 없었다.

"레오네, 이제 좀 도와줘……!"

"아하하……. 히, 힘내."

하지만 레오네는 자신에게 화가 미치지 않도록 텐트 구석으로 피난했다. 그리고 팔로 가슴을 가려 방어 태세에 돌입했다.

잉그리스 다음에는 자신이 노려질 것임을 알고 있었기 때문이다.

"레오네……! 날 버리다니!"

"리, 린은 내가 맡아두고 있을 테니까…… 이걸로 봐줘."

실제로 린은 현재 레오네의 가슴에 자리를 잡고 있었다.

평소 같았으면 리제롯테에 더해 린까지 가세해 버렸을 것이다.

"어허, 다른 데 정신을 팔아도 되겠어? 마구 주물러 버려야지!"

"히익……?! 이, 이상한 손놀림은 관둬! 이제 됐잖아?! 얼른 신룡을 쓰러트리러 가야 한단 말이야……!"

"흠, 하긴. 슬슬 움직이도록 할까? 크리스의 가슴도 충분히 만끽했으니……."

"네. 대단했어요. 역시 부럽네요."

"좋은 공부가 되었어요……."

라피니아의 결정 덕분에 잉그리스는 마침내 세 사람의 공격으로부터 해방될 수 있었다.

"후우, 드디어 끝났다……. 그러면 노는 건 이쯤 하고 신룡이 있는 곳으로 이동하자. 라니와 프람은 피곤할 테니까 여기서 쉬어도 괜찮아."

"아니, 나도 갈 거야. 지금부터 용을 잡아다 구워 먹을 거잖아? 이대로 잤다간 놓쳐버릴 거야!"

"저도 가능한 일이 있다면 돕고 싶어요! 오라버니에게 식량을 빼앗겨 괴로워하는 분들께 조금이라도 보탬이 되고 싶어요……!"

"응. 그러면 같이 가자! 괜찮지, 크리스?"

"그래. 마침 두 사람에게 부탁하고 싶었던 것도 있었고."

"물론 우리도 도울 거야."

"맞아요. 다 함께 가도록 해요."

그리하여 텐트를 나온 잉그리스 일행은 플라이 기어로 갈아타 신룡의 꼬리가 우두커니 서 있는 커다란 구덩이로 향했다.

플라이 기어 포트에서 출격한 플라이 기어는 3대.

하나는 잉그리스와 라피니아가 탑승한 스타 프린세스호였고, 다른 두 대는 플라이 기어 포트에 탑재되어 있던 기체였다. 레오네와 리제롯테, 라티와 프람이 각각 탑승하고 있었다.

사실 라티는 플라이 기어 포트에 남아있는 편이 좋았지만, 본인의 의지가 완고했다.

현재 벌어지고 있는 상황의 총책임자라는 무게감과 프람을 걱정하는 마음이 작용했을 것이다.

"조금 떨어진 장소에 내려서 걸어가자. 다짜고짜 접근하면 위험할지도 모르거든."

잉그리스의 제안에 따라 일행은 꼬리에서 멀찍이 떨어진 장소에 플라이 기어를 착륙시켰다.

"있잖아, 크리스. 굳이 이렇게 멀리서 내릴 필요가 있었을까? 저 용이 그렇게나 위험해?"

신룡의 꼬리를 향해 걸어가며 라피니아가 물었다.

"갑자기 땅속에서 튀어나올 걸 경계한 거니?"

뒤이어 레오네가 물었다. 신중을 기한다는 관점에서 보면 그 말도 맞기는 했다.

하지만 신룡을 상대할 때는 그 외에도 주의할 점이 있었다.

"신룡이라 일컬어질 정도로 강력한 용들은 자신의 기운을 권속처럼 부리거든. 환영룡, 또는 유령용 등으로 불리지."

용이 두르고 있는 기운은 마나가 아니다.

따라서 용들이 뿜어내는 화염이나 눈보라는 별다른 영창이 필요 없다. 더구나 효율이 나쁜 마법보다 훨씬 강대한 위력을 발휘했다.

대신, 마법처럼 공통된 법칙이 존재하지 않다 보니 능력의 종류와 위력은 개체마다 천차만별이었다. 기술보다는 개성이라고 표현해야 할 것이다.

"그걸 경계하는 거야?"

"응. 갑자기 접근하면 포위당해서 플라이 기어가 파괴될지도 모르니까."

자신을 습격하는 것은 환영이지만 플라이 기어가 파괴되는 건 사양이었다.

"생전 처음 들어보는 이야기야. 용에 대해서 잘 아는구나, 잉그리스는."

"저도 처음 들어봐요. 분명 굉장히 귀한 서적에서 읽은 거겠죠."

"유미르의 도서관에 그런 책이 있었던가……? 한 번도 본 적 없는데."

"뭐, 라니가 책에 대해서 잘 알면 그게 더 이상하지. 책을 안 읽으니까."

"시끄럽네요. 책은 안 읽어도 도서관에 숨바꼭질하러 자주 들락거렸거든? 그래서 웬만한 책 표지는 외우고 있는데…… 흐음."

"표지만 읽지 말고 내용물도 읽는 게 어때?"

그렇게 말은 했지만 실제로 신룡에 대한 서적 따위는 존재하지 않았다. 전부 잉그리스 왕이 직접 체험해 터득한 정보들이었다.

다만, 전생 전의 세계에서는 적게나마 용에 관한 서적이 존재했으며, 사람들 사이에서도 용에 대한 지식이 전해져 내려오고 있었다.

레오네와 리제롯테의 반응을 보건대 오늘날 용이라는 존재는 세상에서 완전히 잊힌 듯했다. 마나와 마법에 대한 지식이 소실된 것과 마찬가지였다.

"잉그리스, 이번에 방학이 되면 고향으로 돌아갈 거지? 그때 유미르에서 네가 봤다는 책을 가져다주지 않을래? 관심이 있거든."

"괜찮은 생각이네요. 저도 보고 싶어요."

레오네와 리제롯테의 학구열은 칭찬할 만했지만, 잉그리스로서는 난감할 따름이었다.

"그, 그건 좀…… 앗. 다들 조심해. 슬슬 올 거야."

마침 운 좋게도 잉그리스 일행의 눈앞에 푸르스름한 안개가 피어오르기 시작했다.

그르르르르르……!

그오오오오오……!

이윽고 안개는 하나둘씩 용의 머리로 변해 일행을 위협해 왔다.

각각의 용들은 단련된 기사들조차 주저앉을 만큼 강렬한 살기를 뿜어내고 있었다.

실제로 전생에서 신룡과 전투를 치를 당시, 이 환영룡의 위압감에 전의를 상실해 버린 자도 적지 않았다.

"저, 저게 뭐야……!"

"보, 보통 녀석들이 아냐. 웬만한 마석수보다 훨씬……!"

"맞아요……! 마석수한테서도 경험한 적 없는 적의와 살기가 느껴져요……!"

하지만 라피니아도, 레오네도, 리제롯테도 평소에는 평범한 소녀일지언정 어엿한 상급 기사 후보생들이었다.

다들 미지의 현상에 놀라긴 했지만 두려움에 빠져 전의를 상실하지는 않았다. 듬직할 따름이었다.

특급 마인을 지닌 실바나 규격 외의 강자인 유아와 비교하면 빛이 바래기는 하지만, 세 사람도 절대 약하지 않았다. 과거 잉그리스 왕의 군대에 소속되었더라도 제 몫을 다했을 것이다.

"시, 심지어 계속해서 늘어나고 있어요······!"

프람의 말대로 잉그리스 일행의 눈앞에는 수많은 환영룡들이 우후죽순 생겨나고 있었다.

"이게 바로 용의 기운이 실체화된 환영룡이야. 생긴 건 투명해도 물리면 아프니까 조심해. 당장은 우리를 경계할 뿐이지만, 일정 범위 내로 다가가면 습격해 올 거야."

"아픈 걸로 끝나면 다행이게······!"

"동감이야. 박력이 장난이 아닌걸."

"방금 잉그리스가 말한 대로네요. 플라이 기어를 타고 접근했다면 포위당해서 꼼짝없이 당했을 거예요."

"다들 여기서 잠시만 기다려 줘. 내가 먼저 다가가 볼게. 무녀복이 효과가 있다면 대놓고 습격하지는 않을 거야."

실제로 전생의 잉그리스 왕은 무녀복을 입은 무녀가 환영룡에게 공격받지 않고 신룡의 곁으로 다가가는 장면을 목격했다.

만약 환영룡이 잉그리스를 공격하지 않는다면 신룡 후페일베인과의 대화도 기대해 볼 수 있었다.

신룡과는 꼭 한번 대화를 나눠보고 싶었다. 그러니 먼저 환영룡으로 시험해 볼 필요가 있었다.

"그러면 다녀올게."

"크리스, 괜찮겠어? 저거랑 싸우지 못해서 괜히 아쉬워하고 있는 거 아냐?"

"아, 그거라면 괜찮아. 나중에 원래 옷으로 갈아입으면 마구 습격해 올 테니까."

"아하하……. 결국 싸울 생각이구나."

"무한히 싸울 수 있는 적이라니, 최고잖아? 이게 웬 횡재야♪"

"놀러 가서 맛집이나 예쁜 옷을 발견한 사람처럼 말하지 마……."

라피니아는 커다란 한숨을 내쉬었다.

"잠깐, 잠깐! 무한하게 증식하면 곤란해. 어디든 좋으니 알카드에서 내쫓아 줘."

황당해할 뿐인 라피니아와 달리 라티는 심각한 눈치였다.

"알았어. 그러면 내가 데려가도 될까?"

"물론이지. 얼마든지 가져가 버려."

"크리스! 설마 저걸 키우기라도 할 참이야?! 왕도나 유미르로 데려가면 난장판이 될 거라고!"

꽈아아악!

라피니아가 잉그리스의 귀를 잡아당기며 외쳤다.

"아야야얏……. 아, 알았어. 알았대도! 문제가 생기지 않도록 주의할게……! 하지만 어찌 됐든 어딘가 다른 장소로 옮겨야 해. 알카드가 추운 건 신룡이 여기에 묻혀 있기 때문일 테니까……."

"뭐어엇……?! 기후를 바꿀 정도의 존재라는 거야, 저게……?!"

"신룡의 강대한 힘을 생각하면 충분히 가능한 이야기야. 옮겨보면 실감이 될걸. 아마 지금보다 훨씬 따뜻해질 거야."

약간 에둘러 설명하기는 했지만, 실제로 잉그리스는 과거 신룡에 의해 한 지역이 한랭화되는 광경을 목격한 적이 있었다.

그러니 방금 한 말은 확실하다고 해도 좋았다.

"그러면 더 이상 추위로 인해 식량난에 허덕일 필요가 없다는 거야……?!"

"작황이 좋아져서 하이랜드에 헌납할 여유가 생기게 된다는 거죠……?! 강한 마인무구를 잔뜩 하사받고, 에리스 씨나 리플 씨처럼 제대로 된 하이랄 메나스가 찾아와 주시기만 한다면……!"

라티와 프람이 잉그리스의 말을 믿고 들뜬 목소리로 말했다.

"더는 릭클레어처럼 마을이 마석수의 습격을 받아 붕괴할 일도 없어지는 건가!"

"적어도 마석수에 대항할 수단은 확보할 수 있다는 거네요……! 그런 일은 두 번 다시 일어나선 안 돼요. 절대로요……!"

릭클레어는 현재 부유마법진으로 인해 송두리째 사라져 버린 상태였지만, 하이랄 메나스가 찾아오기 전에도 마석수에 의해 한 번 붕괴한 전적이 있었다.

그래서 알카드 왕은 마석수를 견제하는 쪽으로 나라의 방침을 바꾸었다.

하지만 강력한 마인무구나 하이랄 메나스를 얻고 싶어도 하이랜드에 헌납할 물자가 부족했다.

그러던 와중, 하이랜드의 군 간부인 아크로드 이벨이 한 가지 작전을 제안해 왔다. 베네픽군의 움직임에 맞춰 카랄리아 왕국을 공격하라는 것이었다. 알카드의 국왕으로서도 수락하는 수밖에 방법이 없었을 것이다.

하지만 결국 작전은 미수로 끝나버렸고, 카랄리아 왕궁으로 직접 쳐들어간 이벨도 혈철쇄 여단의 수령인 흑가면에 의해 제거당했다.

이후 이벨의 후임으로 알카드에 찾아온 하이랄 메나스 티파니에는 각지에서 식량을 수탈하고, 붕괴한 릭클레어를 감옥으로 만들었다. 끝내는 릭클레어에 설치한 부유마법진을 가동하여 마을을 지반째 하이랜드로 가져가 버렸다.

이것이 현재까지 일어난 일의 경위였다.

즉, 강력한 마석수가 릭클레어를 붕괴시킨 것이 모든 사건의 발단이었다.

그러니 어떤 방식으로든 마석수에 대항할 수단을 갖출 필요가 있었다.

하지만 지금까지 알카드가 취한 방법은 하나같이 과격하고 극단적인 것들뿐이었다.

그런데 만약 알카드의 기후가 바뀌어 작물을 풍족하게 수확할 수 있다면 어떨까? 카랄리아와의 전쟁에 참여하지 않고 하이랜드와 당당하게 거래하면 된다.

이것은 알카드가 떠안고 있는 문제를 근본적으로 해결할 수 있는 변화였다.

"그러면 반드시 옮겨야겠네……! 알카드가 카랄리아를 침공할 필요가 없어지잖아!"

"맞아, 라피니아의 말대로야. 문제를 근본적으로 해결할 수 있을 거야!"

"희망이 보이기 시작했어요!"

일련의 사건들로 알카드와 교주련의 우호 관계는 파탄 나버렸을 가능성이 크지만, 삼대공파라면 거래에 응해줄 터였다.

정확히는 세오도어 특사라고 표현해야 하겠지만.

잉그리스로서는 라피니아가 세오도어 특사에게 더더욱 호감을 느끼게 될까 봐 걱정이었다.

"……뭐, 그 전에 해야 할 일이 있지만 말이지."

잉그리스는 주먹을 손바닥에 퍽 부딪치고는 환영룡들을 향해 발걸음을 내디뎠다.

"……여, 역시 먹을 생각이구나."

"남의 일처럼 말하지 마, 레오네. 우리도 같이 먹는 거야."

"글쎄요. 잉그리스는 그저 실컷 싸우고 싶은 거 아닐까요?"

잉그리스는 한마디씩 내뱉는 일행들을 돌아보며 빙그레 웃어 보였다.

"전부 맞는 말이야."

"아하하……. 용한테 사과 한마디 정도는 해 두도록 해, 꼭."

라피니아가 메마른 미소를 지으며 말했다.

"그러게. 결국 '너한테 지독한 짓을 하겠다!'라고 선언하러 가는 거니까……."

레오네도 동의하듯 고개를 끄덕였다.

"듣고 보니 누가 선이고 누가 악인지 헷갈리네요."

리제롯테는 작게 신음을 흘렸다.

"그럼 이번에야말로 다녀올게."

잉그리스는 망설임 없는 태도로 우글거리는 환영룡들을 향해 저벅저벅 걸어갔다.

크르르르르르르!

그워어어어어어!

환영룡들은 이빨을 드러내며 태연하게 걸어오는 잉그리스를 위협했다.

무시무시하게 뿜어져 나오는 살기. 대기가 전율하는 듯한 위압감. 즐거운 싸움의 냄새가 났다.

신룡에게 있어서는 무의식중에 발생하는 생리 현상에 불과한 이 박력.

본체는 아직 땅속에 파묻혀 있건만, 환영룡들로부터 느껴지는 강력함은 과거와 비교해도 모자람이 없었다.

"후후. 건강해 보여서 다행이네요."

잉그리스의 얼굴이 활짝 피었다.

잉그리스는 미소를 지은 채로 평소 자신에게 적용하고 있는 중력장을 해제했다.

이대로 환영룡들 한복판으로 돌진해 난투전을 펼치고 싶은 충동에 휩싸였지만…… 아직은 참아야 했다.

먼저 이 무녀복으로 신룡과 대화를 할 수 있는지 시험해 볼 필요가 있었다.

그러기 위해서 중력장을 해제한 것이기도 했다.

"일단은 대화하지 않겠어요?"

잉그리스는 에테르를 마나로 변환시켜 전신에 둘렀다.

정확히는 자신의 몸이 아닌, 입고 있는 무녀복에 마나를 흘려보냈다. 마나의 파장은 애용하는 얼음의 검과 비슷하도록 조정했다. 냉기와 얼음을 만들어내는 파장이었다.

생전에 잉그리스 왕이 보았던 무녀복은 자체적으로 강한 마력을 띠고 있었다.

과거에는 희귀한 소재를 사용하여 마력을 띤 물건을 만들 수 있었다.

반대로 지금 잉그리스가 입은 무녀복은 아무런 특징도 없는 하늘색의 천으로 제작되었다. 이번 임무가 시작되기 전에 장을 보던 라피니아가 색이 곱다며 산 평범한 소재였다.

잉그리스를 꾸미는 것이 취미인 라피니아는 스스로 옷이나 작은 장식품을 만들고는 했다. 만약 기사가 되지 않았더라면 옷가게를 차렸을 것이라고 말할 정도였다.

잉그리스가 의도적으로 마나를 흘려 넣자, 무녀복이 희미한 빛을 발하기 시작했다.

그르르르…….

그오오오…….

가우우우…….

환영룡들이 갑자기 조용해지더니 잉그리스에게 길을 내주듯 좌우로 갈라졌다.

"오호?"

아무래도 효과가 있는 모양이었다. 잉그리스가 환영룡들 사이를 가로질러도 환영룡들은 멀리서 지켜보고만 있을 뿐 아무 짓도 하지 않았다.

"성공이야! 효과가 있나 봐……!"

"애써서 만든 보람이 있네요!"

라피니아와 프람이 기뻐하며 소리쳤다.

"다른 사람은 접근하면 공격당할 테니까 나 혼자 갈게."

"조심해, 크리스."

"응, 라니. 걱정 마."

그렇게 대답한 잉그리스는 거목처럼 우뚝 솟은 신룡의 꼬리가 있는 곳으로 이동했다.

환영룡은 지금도 계속해서 늘어나고 있었지만 역시나 잉그리스를 공격해 오지는 않았다.

무녀복의 효과는 확실했고, 환영룡들의 움직임도 완벽하게 통솔되고 있었다.

흥분해서 멋대로 잉그리스를 습격해 오는 개체는 단 하나도 없었다.

"……."

다만, 이건 이것대로 시시했다.

신룡과 맞붙기 전에 조금은 싸우게 해줘도 좋으련만. 융통성 없는 녀석들이었다.

환영룡들은 완전한 생물이 아닌 탓인지 개성이라 할 만한 것이 느껴지지 않았다.

하지만 웬만한 기사나 마석수보다 훨씬 강한 힘을 지닌 것도 사실이다.

그런 상대가 눈앞에 우글거리는데 싸울 수가 없다니.

지금 신룡과의 대화를 우선해야 한다는 사실은 잉그리스도 알고 있었다.

알고는 있지만…… 역시 환영룡과도 싸워보고 싶었다.

전생에서도 싸워본 적이 있는 만큼 잉그리스 유크스로 다시 태어난 자신의 성장을 가늠해 보기에는 최적의 상대였다.

환영룡들 한복판에 서 있는 지금, 무녀복의 마나를 차단해 일제히 공격받고 싶다는 충동을 지울 수가 없었다.

거의 배고픔을 참는 것에 버금가는 고통이었다.

"아아…… 아까워라."

그워어?

크르르……?

가우우……?

잉그리스의 애절한 눈빛을 받은 환영룡들은 당혹감에 휩싸였다.

"……되도록 쳐다보지 않는 게 좋겠어."

잉그리스는 환영룡들이 눈에 들어오지 않도록 시선을 떨구고 앞으로 나아갔다.

보고 있으면 괜히 싸우고 싶어질 것 같았기 때문이다.

그리하여 불행인지 다행인지 잉그리스는 아무런 방해도 받지 않고 신룡의 꼬리 앞까지 도착할 수 있었다.

날카로운 은백색의 비늘로 뒤덮인 거대한 꼬리는 새하얀 냉기를 끊임없이 뿜어내고 있었다.

대기 중의 수증기가 얼어붙어 생겨난 반짝이는 결정들이 주변 일대에 떠다녔다.

"……으."

잉그리스는 자기도 모르게 몸을 부르르 떨었다.

오래 머물러 있으면 동상에 걸릴 정도로 강렬한 냉기였다.

얇은 무녀복 차림이니 춥지 않으면 그게 더 이상했다.

피부를 에는 듯한 이 냉기야말로 신룡 후페일베인이 건재하다는 증거.

환영룡도 그러했지만, 본체 쪽도 오랜 봉인이 무색하게 씩씩한 모양이었다.

그만큼 싸울 보람이 있다는 뜻이기도 했다.

우선은 대화를 나누겠지만, 나중에 싸우더라도 신룡이 전력을 발휘하지 못할 걱정은 하지 않아도 될 듯했다.

"그런데……."

다만 한 가지 신경 쓰이는 점이 있었다.

상대는 신룡이다. 여기까지 접근한 잉그리스를 눈치채지 못할 리가 없었다.

그런데 이토록 무방비하게 접근을 허락해 버리다니.

혹시 신룡이 말을 걸고 있는데 잉그리스가 듣지 못한 것은 아 닐까?

하지만 무녀복을 입은 이상 대화가 통해야 했다. 환영룡의 반 응으로 봐서 무녀복은 제 역할을 하는 상태였다.

어쨌든 혼자서 고민해 봤자 소용없었다.

잉그리스는 신룡에게 말을 걸어보기로 했다.

"신룡 후페일베인이여……. 제 목소리가 들리나요?"

이후 10초간 인내심 있게 대답을 기다렸지만, 신룡은 아무런 반응도 없었다.

"……?"

잉그리스는 고개를 갸웃하면서 신룡의 꼬리로 더 가까이 다가 갔다.

이번에는 꼬리에 손을 대고 무녀복에 주입하는 마나의 양을 더 욱 늘려 보았다.

"신룡이여, 들리나요? 들린다면 뭐라고 대답해 주세요."

하지만 신룡은 여전히 묵묵부답이었다.

"흐음……?"

일단 살아있는 것은 확실했다. 예전에 느꼈던 강대함도 여실히 전해져 왔다.

하지만 무방비하게 다가오는 잉그리스를 앞에 두고도 아무런 반응이 없었다. 불러도 대답이 돌아오지 않았다.

환영룡들이 잉그리스를 적대하지 않는 것으로 봐서 분명 대화는 가능할 터였다.

"……혹시 자고 있나요?"

신체는 활성화되어 있지만, 의식은 아직 깨어나지 않은 상태.

인간으로 치자면 비몽사몽이라고 해야 할까?

신룡의 잠기운이 언제까지 이어질지는 용 전문가가 아닌 이상 알 방법이 없었다.

당장 깨어날지도 모르고, 어쩌면 몇 년이나 몇십 년이 걸릴지도 몰랐다. 당연한 이야기지만 그때까지 기다려 줄 수는 없는 노릇이었다.

세상이 어떻게 됐는지도 물어보고 싶었고, 마음껏 싸워보고 싶었으며, 배도 고팠다.

물론 개인적인 문제 때문만은 아니었다. 식량 확보에 관해서는 알카드의 주민들을 위한 일이기도 했다.

그렇다면 방법은 하나뿐.

"죄송하지만 때려서라도 깨우도록 할게요."

잉그리스는 보이지 않는 신룡의 얼굴을 향해 고개를 꾸벅 숙였다.

그러고는 허리를 낮추고 한쪽 다리를 당겨 비스듬히 전투 자세를 취했다.

"하아아아압!"

오른발로 있는 힘껏 상단 돌려차기를 구사하는 잉그리스.

까아아앙!

강철보다 단단한 용의 비늘에 잉그리스의 발차기가 꽂히자 쇳덩이를 두드리는 소리가 났다.

하지만 약간 흔들리기만 했을 뿐 고리에는 상처 한 점 없었다.

상처를 입기는커녕 후페일베인의 비늘과 접촉한 무녀복 자락이 순식간에 얼어붙기 시작했다.

"……? 이런!"

라피니아가 고생해서 만들어 준 무녀복을 훼손할 수는 없었다.

기사 아카데미로 온전하게 가지고 돌아가 보물처럼 소중히 보관해 둘 예정이었다.

손녀딸처럼 귀여운 라피니아가 자신을 위해 만들어 준 것이니 당연했다.

혼자 있을 때 가끔 꺼내서 거울로 감상할 생각이었다.

잉그리스는 뒤로 도약해 신룡의 꼬리로부터 거리를 벌렸다.

그리고 상태를 확인했지만…… 신룡은 아무 일도 없었다는 듯이 조용했다.

"후후…… 대단해요. 이 정도로는 부족한가 보네요."

잉그리스는 현재 중력장을 해제하기만 했을 뿐 에테르는 두르지 않은 상태였다. 즉, 방금 한 발차기는 어디까지나 순수한 신체 능력으로 행해진 평범한 타격이었다.

후페일베인의 견고한 비늘과 방대한 질량 앞에서는 계란으로 바위 치기인 모양이었다.

하지만 오히려 만족스러웠다. 이 정도는 되어야 신룡 후페일베인이라고 할 수 있었다.

전생의 잉그리스 왕이 단독으로 격파하지 못했던 강자.

"그렇다면……!"

에테르 셸!

"다시 한번!"

콰아아아아아아아앙!

방금의 몇 배에 달하는 거대한 충격이 주변 일대에 굉음을 퍼트렸다.

한쪽으로 크게 구부러진 신룡의 꼬리는 채찍처럼 지면을 강타해 흔적을 남겼다.

잉그리스의 공격력이 압도적으로 상승했다는 뜻이었다. 하지만…….

신룡의 꼬리는 아무 일도 없었다는 듯이 원래의 위치로 돌아와 버렸다. 타격을 받은 부위에도 별다른 상처는 없었다.

기껏해야 움푹 들어간 자국이 보이는 정도였다. 그리고 그마저도 순식간에 원상태로 복구되었다.

무시무시한 강도와 탄력, 그리고 회복력이었다.

"후후후. 후후후후후……."

자기도 모르게 웃음이 흘러나왔다. 때리는 보람이 있는 훌륭한 상대였다.

잉그리스 유크스로 살아오면서 이만큼 튼튼한 상대를 만나기는 처음이었다.

잉그리스가 다음은 어떻게 공격할까 고민하던 그때.

갸아아아아악!

그워어어어어!

그오오오오오!

"앗……?!"

본체는 무반응이었을지 몰라도 주변의 환영룡들은 잉그리스의 행동을 보고 가만히 있지 않았다.

열 마리가 넘는 환영룡들이 일제히 잉그리스를 엄습해 온 것이다.

그러나 잉그리스도 환영룡들과 한판 붙어보고 싶던 참이었다.

"고맙습니다! 기꺼이 상대해 드리겠어요……!"

잉그리스는 그렇게 말하며 에테르 셸을 풀고 원래의 상태로 돌아갔다.

압도적인 힘으로 적을 분쇄해 봤자 수행이 되지 않는다.

어떤 전투든 자신의 성장으로 이어질 수 있도록 해야 했다. 그러니 에테르 셸을 푸는 것은 당연했다.

아가리를 쩍 벌린 환영룡들이 잉그리스를 물어 죽일 기세로 사방팔방에서 들이닥쳤다.

가장 가까운 것은 우측에서 일렬로 달려오는 세 마리.

"하아아아앗!"

잉그리스는 바닥을 박차고 우측으로 돌진했다.

그러고는 오른쪽 주먹을 뻗어 선두의 환영룡을 후려쳤다.

퍼어어엉!

돌진의 기세가 더해져 환영룡이 폭발하듯 소멸했다.

그 뒤, 연달아 접근해 오는 두 마리를 향해서 왼쪽 주먹을 내질렀다.

퍼어엉!

두 마리째 환영룡이 폭발하고, 눈앞에는 마지막 세 마리째가 남았다.

여기서 잉그리스는 자세를 깊게 낮추었다.

"주먹으로 쳐부술 수 있다니, 환영치고는 뭘 좀 아네요!"

그대로 힘차게 뛰어오르며 어퍼컷을 날리는 잉그리스.

직격당한 환영룡이 소멸함과 동시에 잉그리스의 몸이 허공으로 떠올랐다.

공격과 회피를 겸한 동작이었다.

""""그워어어어어!""""

직후, 잉그리스가 있던 자리에 환영룡들의 이빨이 박히며 땅바닥이 뭉텅 뜯겨 나갔다.

환영룡 한 마리, 한 마리가 인체를 간단히 고깃덩이로 만들어

버릴 수 있는 치악력을 지니고 있었다.

물리적인 타격이 통하는 만큼 내구력은 마석수보다 약했지만, 공격력은 비슷한 체급의 마석수를 능가했다.

"하지만 무엇보다 마음에 드는 건……!"

쩌저저저적!

잉그리스의 손바닥 안에 마나가 모이더니 얼음의 검이 생성되었다. 때로는 검을 사용한 수련도 나쁘지 않았다.

이윽고 잉그리스는 낙하의 기세를 실어 한곳에 모여있는 환영룡들의 머리 위로 연속 찌르기를 퍼부었다.

파바바바바바바밧!

폭우처럼 쏟아져 내리는 공격이 잉그리스를 엄습했던 환영룡들을 전부 소멸시켰다.

하지만 아직 끝이 아니었다.

""""ㄱ오오오오오!""""

곧바로 사방에서 환영룡들이 쏟아져 들어와 잉그리스를 포위했다.

"바로 이 끝없는 물량……! 정말 훌륭해요!"

제아무리 마석수라도 이 정도는 아니다. 마석수는 프리즘 플로라는 자연 현상이 없으면 발생하지 않았다.

반면에 환영룡에게는 그러한 제약이 존재하지 않았다.

신룡만 건재하다면 마음 내킬 때 언제든지 싸울 수가 있었다. 이렇게나 친절한 상대가 또 어디에 있을까.

욕심을 부리자면 조금 더 튼튼하길 바랐지만, 이 문제도 여러 개체를 합체시켜 해결할 수 있을지도 몰랐다. 여러모로 시험해 볼 여지가 많았다.

어찌 됐든, 잉그리스에게 있어 훌륭한 훈련 상대라는 사실은 분명했다.

기쁜 나머지 자기도 모르게 미소가 피어올랐다.

"자, 조금만 더 어울려 주세요!"

도움닫기를 통해 높이 뛰어오른 잉그리스는 비행 중이던 환영룡을 날아 차기로 가격했다.

"하아아앗!"

퍼어어엉!

폭발해 소멸하는 환영룡. 그리고 잉그리스는 공격의 반동을 이용해 더욱 높이, 더욱 멀리 도약했다.

환영룡들은 끊임없이 보충되어 잉그리스를 포위해 오고 있었다. 이는 공중의 잉그리스에게 계속해서 발판을 제공해 주는 꼴이나 다름없었다.

잉그리스는 환영룡들을 차례차례 걷어차며 그 반동으로 도약을 이어나갔다.

퍼엉! 퍼엉, 퍼엉, 퍼엉! 퍼어어엉!

마지막으로 하늘 높이 뛰어오른 잉그리스는 2회전 공중제비를 선보이며 바닥에 착지했다.

"다녀왔어!"

잉그리스가 착지한 장소는 환영룡들의 영역 바깥. 즉, 라피니아 일행이 모여있는 장소였다.

"어, 어서 와……. 아주 신나게 날뛰더라. 하여간 못 말려."

라피니아가 땅이 꺼지라고 한숨을 내쉬었다.

"괴, 굉장한 전투였어요, 잉그리스. 눈으로 쫓기 힘들 정도로 빨랐어요……!"

"넋 놓고 구경할 상황은 아니지만…… 확실히 본보기로 삼고 싶을 정도였어."

"따, 따라 할 엄두가 나질 않아서 문제지만요……."

"저 환영룡들을 이용해서 매일같이 수행하면 너희들도 분명 가능할 거야! 정말로 대단해, 저거! 우글우글 몰려와서 원하는 만큼 싸울 수 있어! 제법 강하기도 하고! 정말로 수행에 안성맞춤이야……!"

잉그리스가 흥분해서 열변을 토하자 라피니아가 타이르기 시작했다.

"잠깐, 잠깐. 진정해, 크리스. 들뜬 심정은 알겠는데, 처음 목적은 그게 아니었잖아? 신룡하고 대화는 나눈 거야? 꼬리를 걷어차는 모습밖에 안 보이던데……?"

"아아, 그거 말인데. 신룡은 아직 잠들어 있는 것 같아. 깨우려고 발로 차봤는데 전혀 먹히질 않더라. 오히려 근처에 있던 환영룡이 반응을 해서……."

"맞서 싸웠더니 즐거워지기 시작했다?"

"응. 무한하게 불어나는 상대란 참 멋진 것 같아!"

잉그리스가 눈을 반짝이며 힘차게 고개를 끄덕였다.

"……글쎄. 모두가 크리스처럼 생각하지는 않을 것 같은데. 결국 아무런 진전도 없었다는 거야?"

"아니. 신룡이 자고 있다는 사실을 알아냈잖아. 그래서 너희가 도와줬으면 하는 게 있는데……."

이것을 위해 잉그리스는 환영룡들을 발로 차가며 이곳으로 되돌아온 것이다.

"응? 뭘 도와주면 되는데, 크리스?"

"물론 다음 목적을 위한 사전 작업이지."

"다음 목적?"

"응. 식량 조달."

잉그리스가 빙그레 웃으며 말했다.

"우와, 드디어! 뭘 하면 될까! 뭘 하면 돼?"

마침내 라피니아도 눈을 반짝거리기 시작했다.

"알겠지? 일단은 거기서 지켜보고 있어."

잉그리스는 그렇게 말하며 구덩이에 우뚝 솟은 신룡의 꼬리를 향해 오른손을 내밀었다.

이윽고 잉그리스의 손바닥 앞에 청백색으로 빛나는 거대한 광탄이 만들어졌다.

"어……?! 자, 잠깐만 기다려, 크리스……!"

광탄을 목격한 라피니아가 다급히 소리쳤다.

하지만 잉그리스는 개의치 않고 응축된 에테르 덩어리를 쏘아 날렸다.

에테르 스트라이크!

쿠고오오오오오오!

"꺄아아아악?! 뭘 쏴대는 거야! 우리가 먹을 고기가 흔적도 없이 날아가 버리잖아!"

라피니아가 잉그리스의 멱살을 붙잡고 흔들면서 버럭 화를 냈다.

"수, 숨 막혀……! 지, 진정해……! 걱정할 거 없어, 라니……!"

"뭐?"

"저걸 봐봐."

파지지지지지지직!

꼬리에 명중한 에테르 스트라이크는 신룡의 두꺼운 비늘과 격렬한 힘겨루기에 돌입했다.

터어어어엉!

그리고 결국에는 꼬리에서 튕겨 나가 머나먼 하늘로 자취를 감추었다.

"봤지? 걱정할 거 없대도."

그래도 이번에는 신룡의 비늘에 상처가 새겨지며 안쪽의 살점이 살짝 노출되었다.

하지만 전체적으로 봤을 때는 멀쩡했다. 경상에 불과한 수준이었다.

방금 에테르 셸로 공격해 보았던 잉그리스는 이렇게 될 것을 예상했다.

"이럴 수가……?! 크리스의 저 기술이 튕겨 나가다니!"

심지어 그게 전부가 아니었다.

"오. 환영룡이……!"

다수의 환영룡이 신룡의 꼬리로 몰려드는가 싶더니, 상처가 난 부위에 흡수되어 자취를 감추었다. 그러자 꼬리의 상처가 순식간에 아물어 버렸다.

"굉장한 회복력이야……!"

환영룡은 용의 기운이 만들어낸 유사 생물.

그러한 환영룡들을 체내로 불러들여 회복력을 폭발적으로 상승시킨 것이다.

아직 후페일베인은 잠든 상태였으니 본능적인 현상이라고 봐야 할 것이다.

"이런 식이라면 상처를 내도 금세 다 나아버리겠는걸……!"

"그렇지? 엄청나게 강하지? 보기만 해도 가슴이 두근거려……!"

"하하……. 가슴이 두근거릴 상황은 아니지 않아?"

라피니아가 못 말리겠다는 듯 한숨을 푹 내쉬었다.

"라, 라피니아의 말대로예요! 잉그리스의 필살기도 통하지 않았다구요! 그런 존재가 깨어나면 큰일 아닌가요……?!"

프람은 방금 목격한 광경을 상당히 심각하게 받아들인 눈치였다.

"마, 맞아……! 사, 상당히 위험할 것 같은데?!"

라티도 마찬가지였다.

에테르 스트라이크가 튕겨 나간 것이 상당히 충격인 모양이었다.

"……위험한 거야? 크리스?"

"아니. 딱히 위험하진 않아."

"역시 그렇지? 정말로 위험했다면 크리스는 심각한 얼굴로 나를 지켜주려 했을 테니까. 티파니에 때처럼."

"물론이지. 나는 라니의 종기사니까."

"후훗. 솔직히 그때는 크리스가 좀 무서웠지만, 한편으로는 그만큼 나를 소중히 여기는구나 싶어서 기쁘더라."

"천만의 말씀."

미소 짓는 라피니아에게 잉그리스도 미소로 화답했다.

"어쨌든, 지금은 그때와 다르게 여유로워 보이니까 괜찮을 거라는 게 내 추측이야!"

"하하하……. 별로 논리적인 이유 같지는 않네."

"게다가 잉그리스한테는 훨씬 더 강한 기술이 남아있잖아……?"

"맞아요. 리플 님에 의해서 소환된 프리즈마를 일격에 소멸시킨 그 기술 말이에요. 차원이 다른 위력이었어요."

라피니아뿐만 아니라 레오네와 리제롯테도 크게 불안하지는 않은 눈치였다. 그녀들은 잉그리스가 에테르 브레이커를 구사하던 모습을 지켜보았기 때문이다.

더욱 강한 기술이 남아있다는 사실을 알기에 침착함을 유지할 수 있었다.

반대로 당시 프람과 라티는 세오도어 특사를 데려오기 위해 현장에 없었고, 그로 인해 잉그리스가 프리즈마를 처치하는 광경을 목격하지 못했다.

"그런데 실은 문제가 좀 있어."

"""응?"""

다른 일행들이 나란히 고개를 갸웃했다.

"그래서 너희가 협력해 줬으면 하거든. 어떻게 하냐면…….”

잉그리스는 일행들에게 자신의 계획을 설명하기 시작했다.

그리고 잠시 후.

"알았지? 다시 한번 확인할게. 내가 ……면, ……한 다음, 이렇게 해서, 이런 식으로…….”

"응, 응! 알았어! 그렇게 할게……!"

라피니아는 고개를 끄덕여 가며 잉그리스의 설명을 귀담아들었다.

"나도 이해했어. 한번 해보자."

"확실히 잘만 풀리면 대량의 식량을 조달할 수 있겠어요."

"크기가 크기니까 말이지……. 대체 몇 인분이나 나올까."

"우리 해봐요……! 저, 저도 분발할게요!"

레오네, 리제롯테, 라티와 프람도 이견은 없는 듯했다.

"좋아, 그러면 우리는 이쪽이네. 레오네, 프람!"

라피니아가 스타 프린세스호에 올라타며 두 사람의 이름을 불렀다.

이번 계획에서 라피니아와 레오네, 프람은 함께 스타 프린세스호에 타기로 했다.

조종간은 레오네가 잡고, 라피니아와 프람이 뒤쪽에 좌우로 섰다.

물론, 계획 수행에 필요한 배치였다.

조종 기술을 감안하면 라티에게 스타 프린세스호를 맡기고 싶었지만, 플라이 기어의 정원은 세 명이므로 어쩔 수가 없었다.

대신에 라티는 다른 플라이 기어의 조종간을 맡았다. 여기에는 잉그리스와 리제롯테가 탑승했다.

그리고 나머지 한 대는 일단 이곳에 대기시켜 놓았다.

부우우우웅…….

위이이이이잉……!

두 대의 플라이 기어가 각각 세 명의 인원을 태우고 날아올랐다.

"그럼 시작할게! 다들 준비는 됐지?!"

스타 프린세스호의 조종간을 쥐고 있는 레오네가 일행들에게 물었다.

"""응!"""

일행들이 입을 모아 대답했다. 그러자 두 대의 플라이 기어는 단숨에 가속하여 환영룡들의 영역에 돌입했다.

"""그워어어어어!"""

곧바로 반응해 우르르 몰려드는 환영룡들.

플라이 기어의 속도가 상당한 만큼 간단히 포위당하지는 않을 터였다. 하지만 진로를 막아서는 환영룡들은 적극적으로 해치워야 했다.

"프람! 부탁드려요!"

리제롯테가 옆에서 나란히 날고 있는 스타 프린세스호의 프람에게 외쳤다.

"네! 맡겨 주세요!"

프람의 마인무구는 무기가 아닌 은색의 하프였다.

프람이 자신의 하프를 연주하자 이에 호응하듯 리제롯테와 라피니아의 마인무구가 희미한 빛으로 뒤덮였다.

하프를 연주하여 발동되는 프람의 기프트는 주변 마인무구들의 성능을 강화하는 효과를 지니고 있었다.

"영격하겠어요!"

리제롯테는 마인무구는 할버드였고, 기프트를 발동시키면 등에 새하얀 날개가 돋아난다.

다만 프람의 기프트와 공명한 지금 리제롯테의 날개는 희미한 금빛을 띠고 있었다.

리제롯테의 날개가 힘차게 펄럭이는가 싶더니, 눈 깜짝할 사이에 플라이 기어에서 뛰쳐나가 환영룡들이 모여있는 곳으로 도달했다.

"이야아아아앗!"

리제롯테가 내지른 창끝이 여러 마리의 환영룡들을 한꺼번에 꿰뚫었다.

그러자 남아있던 환영룡들이 상하좌우로 뿔뿔이 흩어졌다.

그러고는 각자의 위치에서 리제롯테를 공격해 왔다.

자칫하면 위험할 수도 있는 상황이었지만 잉그리스는 굳이 나서지 않았다.

잉그리스는 이후에 따로 개별 행동을 취해야 했다. 그전까지는 다른 이들이 환영룡들을 억제해 줄 필요가 있었다. 걱정이 안 되는 것은 아니었지만 아슬아슬한 순간까지는 믿고 맡겨야 했다.

"움직임이 느려요!"

리제롯테의 날개가 다시 한번 힘차게 펄럭였다.

할버드를 횡으로 휘둘러 산개한 적들을 공격하는 리제롯테. 단지 휘두르기만 한 것이 아니었다. 보름달처럼 아름다운 궤적을 그리는 비행 기술이 수반된 동작이었다.

"오오?"

잉그리스가 알기로 리제롯테는 직선 방향으로밖에 날지 못했다.

그런데 지금은 유려한 곡선을 그리며 비행하고 있었다.

이는 산개한 적들을 상대하기에 걸맞은 동작이었다. 한 마리, 한 마리에게 돌진해서 일일이 방향 전환을 하는 것보다 곡선적인 움직임을 활용하는 편이 더 효율적이고, 빈틈도 적었다.

물 흐르는 듯한 일격으로 좌우로 흩어진 환영룡들을 베어버린 리제롯테는, 계속해서 위아래로 산개했던 환영룡들까지 소멸시켜 버렸다.

이로써 플라이 기어의 진로가 완전히 확보되었다.

이윽고 두 대의 플라이 기어가 리제롯테의 발밑을 통과해 지나갔다.

"나이스! 리제롯테!"

라피니아가 환호했다.

"이러다간 리제롯테가 따라오지 못해! 속도를 낮춰……!"

라티가 스타 프린세스호를 향해서 외쳤다.

뒤쳐나간 리제롯테를 안전하게 탑승시키기 위해서였다.

환영룡들 한복판에 홀로 남겨지게 만들 수는 없었다.

"알았어!"

조종간을 붙잡은 레오네가 대꾸했다.

"아뇨, 배려하실 필요 없어요. 이대로 계속 가세요."

하지만 리제롯테는 이미 플라이 기어를 따라잡아 선체에 매달려 있었다.

"엄청 빨라!"

"꾸물거리면 적이 또 불어나 버리잖아요."

"리제롯테, 실력이 늘었구나?"

"프람 덕분이에요. 위력도 속도도 평소와는 비교가 되지 않게 상승했어요."

"그래도 곡선 비행은 연습 없이 불가능하잖아? 프람의 능력과는 별개로 리제롯테도 성장했다고 봐."

"후훗. 고맙습니다. 잉그리스가 그렇게 말한다면 사실이겠죠."

리제롯테가 미소 지으며 대답한 그때였다. 라티가 외쳤다.

"또 나왔어!"

신룡의 꼬리에 어느 정도 접근하는 데는 성공했지만, 또다시 환영룡들이 몰려와 플라이 기어의 진로를 막아섰다.

"몇 번을 방해해도 결과는 같아요!"

"잠깐만! 이번에는 내가 할게!"

라피니아는 리제롯테를 제지한 뒤 스타 프린세스호에서 몸을 내밀었다.

동시에 본인이 애용하는 마인무구인 샤이니 플로의 시위를 당겼다.

라피니아의 손 앞에 평소보다 훨씬 거대한 빛의 화살이 형체를 갖추어 나갔다.

"우리는 배가 고프단 말이야! 저리 비켜!"

라피니아가 빛의 화살을 발사했다.

화살의 속도도 프람의 기프트로 인해 크게 상승해 있었다.

맹렬한 기세로 날아간 화살이 여러 마리의 환영룡을 단숨에 집어삼켰다.

환영룡들은 피해를 줄이고자 뿔뿔이 흩어지려 했지만…….

라피니아는 이렇게 될 것을 예측하고 대책을 마련해 놓은 상태였다.

"놓치지 않아! 흩어져라!"

빛의 화살은 수많은 화살로 분열해 표적을 추적했고, 그대로 다수의 환영룡들을 꿰뚫어 섬멸해 버렸다.

"잘했어, 라피니아!"

"라니도 훌륭한걸. 깔끔한 기술이었어."

"…………."

레오네와 잉그리스가 칭찬했는데도 라피니아는 대답하지 않았다.

평소 같았으면 가슴을 펴고 한껏 뽐냈을 게 분명했다.

"왜 그래, 라니? 배탈이라도 났어?"

"아니거든! 역시 프람의 지원을 받으면 뭔가가 달라. 조금만 더 하면 뭔가가 잡힐 것만 같달까……! 방금 느낌이 팍 왔어!"

라피니아가 눈을 반짝이며 말했다.

"또 온다! 끈질긴 녀석들 같으니!"

전방을 쳐다보던 라티가 외쳤다.

"신룡만 건재하면 무한히 솟아나니까. 정말이지 최고의 대련 상대야……!"

"기뻐하고 있을 때냐고!"

"괜찮아, 나한테 맡겨! 얼마나 몰려오든 내가 다 해치우겠어!"

라피니아가 다시금 활의 시위를 당겼다.

이번에는 처음부터 무수한 빛의 화살이 발사되었다. 그렇게 쏟아져 나온 화살들은 두 대의 플라이 기어를 에워싸듯 빙글빙글 회전하기 시작했다.

빛의 화살을 이용해 방어막을 전개한 것이다.

"오오……?!"

이전에도 라피니아는 적을 교란하기 위해 비슷한 기술을 사용한 적이 있었다.

하지만 그때와는 수준이 달랐다. 방어막 구실이 가능할 정도의 밀도를 갖춰야 했고, 심지어는 플라이 기어의 속도에 맞춰 고속으로 이동시켜야 했다.

가만히 멈춰 선 대상의 주위를 맴돌게 하기보다 훨씬 더 어려운 조작이 필요했다.

"봤지! 이거라면 개의치 않고 나아갈 수 있어! 돌격!"

"알았어!"

"좋아, 간다!"

조종간을 붙잡은 레오네와 라티가 고개를 끄덕였다.

빛의 화살로 이루어진 방어막의 보호를 받으며, 두 대의 플라이 기어가 무리 지은 환영룡들 속으로 돌진했다.

"'"갸아아아아아아악!"'"

퍼어어엉! 퍼엉! 퍼버벙!

빛의 화살과 접촉한 환영룡들이 연달아 터져 나갔다.

잉그리스는 안심했다. 이 방어막 안에 있으면 다들 안전하리라. 자유롭게 이동도 가능했다.

"대단해, 라니. 굉장히 쓸만한 기술이야······!"

"후훗. 그래서 말했잖아? 뭔가가 잡힐 것만 같다고. 뭐, 프람 덕분이기는 하지만."

드디어 라피니아가 자랑하듯 가슴을 폈다.

"응, 맞아. 하지만 라니가 성장한 것도 엄연한 사실이야."

잉그리스도 라피니아가 성장해 가는 모습을 지켜보는 것이 기뻤다.

무심코 흐뭇한 미소가 흘러나올 것만 같았다.

이 정도 실력이라면 잉그리스가 단독 행동에 나서도 별다른 문제는 없을 것이다.

마침 신룡의 꼬리도 눈앞이었다. 슬슬 움직일 때다.

"그러면 이번에는 내 차례인가. 다녀올게······! 레오네, 내가 신호하면 그땐 잘 부탁해."

"알았어. 해볼게······! 맡겨 줘!"

"크리스, 지금 뛰면 돼!"

"알겠어! 고마워!"

잉그리스는 망설임 없이 플라이 기어의 선체를 박차고 뛰쳐나갔다.

그러고는 공중에서 자세를 제어해 가며 손바닥에 에테르를 모으기 시작했다.

목표물은 물론 우뚝 서 있는 후페일베인의 꼬리였다.

"가라앗!"

쿠고오오오오오!

공중에서 발사한 에테르 스트라이크가 굉음을 발하며 거대한 꼬리를 향해 날아갔다.

잉그리스는 그 모습을 바라보며 바닥에 착지했다.

바로 그때, 잉그리스가 발사한 에테르 스트라이크가 후페일베인의 꼬리에 격돌했다.

터어어어엉!

결과는 이전과 같았다.

에테르 스트라이크는 경이로울 정도로 단단한 용의 비늘에 약간의 흠집만 남긴 채 튕겨나 버렸다.

물론 일찌감치 예상했던 결과!

에테르 스트라이크를 발동한 뒤로 약간의 시간이 흘렀다.

한 호흡 정도의 여유였지만 다음 에테르 기술을 사용하기에는 충분했다.

"에테르 셸!"

다만 에테르의 색깔이 평소와는 미묘하게 달랐다. 이윽고 잉그리스가 지면을 박차자 발밑의 흙과 눈이 폭발하듯 비산했다.

다음 순간, 잉그리스는 튕겨 나온 에테르 스트라이크에 바짝 접근해 있었다.

몸을 한껏 뒤틀어 발차기를 날릴 준비까지 마친 상태였다.

"하아아아압!"

콰과아앙!

잉그리스의 발차기가 꽂히자 튕겨 나온 에테르 스트라이크가 방향을 바꿔 다시 후페일베인의 꼬리 쪽으로 날아갔다.

에테르 브레이커가 동일한 파장의 힘을 더하여 파괴력을 폭발적으로 끌어올리는 기술이라면, 이것은 서로 반발하는 파장을 이용해 에테르 스트라이크의 궤도를 바꾸는 응용 기술이었다. 며칠 전 프람의 오라버니인 하림의 부대와 교전했을 때도 사용한 적이 있었다.

잉그리스는 이 기술이 썩 마음에 들었다. 에테르 스트라이크를 강타해서 억지로 궤도를 바꾸는 호쾌한 기술처럼 보이면서도, 반발하는 두 종류의 파장을 조작하지 않으면 구사할 수 없는 고난도 기술이기 때문이었다.

에테르 리플렉터라고 부르면 되지 않을까.

이번에도 이 기술이 유용하겠다는 판단이 선 것이다.

터어어어엉!

되돌아가 용의 비늘과 격돌한 에테르 스트라이크가 다시금 튕겨 나갔다.

"다시 한번!"

튕겨 나온 에테르 스트라이크로 접근해 정권을 내지르는 잉그리스.

콰아아앙! 터어어엉!

에테르 스트라이크가 다시 튕겨 나고, 잉그리스는 장타로 돌려보냈다.

콰아아아앙! 터어어어엉!

"아직 한참 멀었어!"

이번에는 힘차게 돌진하면서 팔꿈치를 꽂아 넣었다.

콰아아아아앙! 터어어어어엉!

그러자 이번에는 에테르 스트라이크가 위쪽으로 튕겨 나갔고, 잉그리스는 이를 발뒤꿈치로 찍어 떨어트렸다.

"그래도 부족해!"

에테르로 이루어진 광탄이 신룡의 꼬리와 잉그리스 사이를 끊임없이 오갔다.

플라이 기어에 남아있던 일행들의 눈에는 보이지도 않을 지경이었다.

커다란 빛과 자그만 빛이 난반사를 일으키듯 거대한 신룡의 꼬리 주위를 난폭하게 휘몰아치고 있었다. 울려 퍼지는 굉음은 거센 폭풍우를 연상시켰다.

"엄청나요, 잉그리스……! 눈이 못 따라가겠어요! 도대체 뭐가 뭔지……!"

"전에도 똑같은 기술을 사용하더니, 오늘은 훨씬 더 무지막지하네……!"

"저번에는 힘을 조절했던 걸까?"

"아마도 맞을 거예요. 마을 안에서 싸웠으니까요."

"그렇지만 크리스가 작정하고 공격하는데 상처 하나 없는 신룡 쪽도 대단해……!"

"맞아. 잉그리스의 말대로 프리즈마에 필적하는 적일지도……."

"그래도 보세요! 상처 부위가 점점 넓어지고 있어요!"

"레오네, 나한테 조종간을 넘겨줘! 이제 곧 네가 나설 차례야!"

"알았어! 맡길게!"

레오네는 마인무구인 검은색 대검을 강하게 움켜쥐며 대답했다.

"슬슬 시작인가……!"

잉그리스도 그 모습을 보고 중얼거렸다.

광탄은 잉그리스와 격돌할 때마다 힘을 잃었고, 반대로 후페일 베인의 꼬리에는 조금씩 패인 흔적이 발생했다.

신룡의 육체는 경이적인 회복력을 자랑했지만, 에테르 리플렉 터에 의한 손상 속도가 이를 웃돌고 있었다.

공격이 진행됨에 따라 손상된 부위를 뒤덮고 있던 용린이 하나 둘씩 날아가며 내부의 살갗이 노출되었다. 사람의 키만 한 높이 의 상처가 꼬리를 빙 두르듯이 새겨져 나갔다.

잉그리스는 정확한 공격으로 특정 부위만을 노리고 있었다.

처음에 발사했던 에테르 스트라이크가 힘을 잃고 소멸했을 즈 음, 후페일베인의 꼬리에는 고리 모양의 상처가 만들어졌다.

"좋아……!"

잉그리스의 노림수대로였다. 이제 환영룡이 몰려와 상처가 회복되기 전에 작전을 완수해야 했다. 시간과의 싸움이었다.

"레오네! 부탁해!"

잉그리스는 하늘에서 대기하고 있는 스타 프린세스호를 올려다보며 신호를 보냈다.

레오네는 이미 만전의 준비를 마친 상태였다. 프람의 기프트 효과를 적용받은 채로 검은색의 대검을 단단히 거머쥐고 있었다.

"알았어, 잉그리스!"

"그럼 출발한다! 가속 모드!"

조종간을 쥐고 있는 라피니아가 소리 높여 외쳤다.

부아아아아아아아앙!

스타 프린세스호가 평소보다 한층 높은 구동음을 발했다.

"전속력으로 가겠어!"

라피니아가 조종간을 앞쪽으로 힘차게 밀어 넘어트리자, 스타 프린세스호는 한 줄기의 유성처럼 맹렬하게 후페일베인의 꼬리를 향해 돌진했다.

물론 그녀들의 목표는 잉그리스가 에테르 리플렉터로 벌려 놓은 상처였다.

기체를 딛고 선 레오네는 온 힘을 담아서 검은색의 대검을 휘둘렀다.

그와 동시에 기프트를 발현시켜 검은색의 칼날을 거대화시켰다.

그 크기는 신룡의 꼬리를 능가할 정도였다.

"이야아아아아아아아압!"

스타 프린세스호의 속도를 실은 레오네의 대검은 후페일베인의 노출된 상처를 깊게 파고들었다. 그리고…….

서거어어어억!

거대한 나무와도 같은 용의 꼬리를 깔끔하게 잘라냈다.

"됐다……! 잘라냈어!"

"굉장해, 레오네! 덕분에 맛있는 고기를 먹을 수 있겠어!"

"해냈군요!"

조종간을 움켜쥔 라피니아와 옆에서 지원하고 있던 프람이 소리 높여 환호했다.

"응. 잉그리스와 프람의 지원이 없었다면 불가능했겠지만. 그래도 확실히 느낌이 있었어……!"

이토록 거대한 무언가를 벨 기회는 좀처럼 없었다. 그만큼 소중한 경험이었다.

레오네는 손에 남아있는 감각을 곱씹듯 주먹을 꽈악 움켜쥐었다.

"어이! 꼬리가 쓰러지고 있어! 조심해!"

멀찍이 떨어진 위치에서 플라이 기어를 몰고 있던 라티가 외쳤다.

실제로 신룡의 꼬리는 스타 프린세스호를 향해 기울어지고 있었다.

만약 밑에 깔리기라도 한다면 스타 프린세스호는 막대한 질량을 이기지 못하고 찌부러져 버릴 것이다. 당연히 탑승하고 있는 라피니아 일행도 무사할 리가 없었다.

"알고 있어! 이대로 고기도 못 먹어보고 죽을 수는 없지. 내가 얼마나 기대했는데!"

라피니아는 기체를 움직여 벗어나려 했다.

하지만 딱히 그럴 필요가 없었다.

다음 순간, 쏜살같이 날아간 잉그리스가 쓰러지는 신룡의 꼬리를 어깨에 가뿐히 들쳐 멨기 때문이다.

몸집의 몇십 배에 달하는 거대한 꼬리를 태연하게 짊어지고 있는 절세의 미소녀.

그것이 라피니아 일행의 눈앞에 비친 광경이었다.

심지어 잉그리스의 얼굴에는 환하기 그지없는 미소가 걸려 있었다. 얼마나 기뻐 보이는지 당장이라도 용의 비늘에 뺨을 문질러 댈 것만 같았다.

"그, 그걸 용케도 들었네요……?! 보통은 밑에 깔리는 게 정상인데……."

"하하하……. 크리스가 하는 일에 일일이 놀라면 끝이 없어."

"하, 하긴……. 뭐, 옮겨다 주면 우리야 편하고 좋지."

꼬리를 환영룡들이 솟아나는 위험 지대에 놔두면 나중에 회수하러 가기도 곤란했다.

안전한 지역까지 옮길 수 있다면 그러는 편이 좋았다.

"고마워, 레오네! 그리고 다들! 순조롭게 잘됐네."

잉그리스가 밝게 웃으며 일행들을 불렀다.

에테르 리플렉터로 후페일베인의 비늘을 벗겨 방어력을 감소시킨 뒤, 프람의 지원으로 강화된 레오네가 꼬리를 잘라내는 것이 이번 작전의 골자였다. 그리고 결과가 말해주듯 완벽한 성공이었다.

잉그리스가 혼자서 꼬리를 잘라내기에는 여러모로 무리가 많았다. 에테르 스트라이크는 위력이 부족해 튕겨나 버렸고, 반대로 에테르 브레이커는 너무 강력해서 신룡의 꼬리 자체를 소멸시켜 버릴 게 분명했다.

잉그리스에게는 둘의 중간 위력에 해당하는 기술이 없었다. 에테르는 무척이나 다루기 어렵고 까다로운 힘이다. 이런저런 연구를 계속하고는 있지만, 아직 갈 길이 멀었다.

그래서 이 작전을 구상한 것이다. 이것을 단순히 적을 파괴하기 위한 전투가 아니라 극상의 재료를 얻기 위한 사냥이라고 생각하면 굳이 혼자서 싸우길 고집할 이유가 없었다. 육질을 지키기 위해서라도 레오네에게 잘라달라고 부탁하는 편이 가장 합리적이었다.

쿠구구구궁…….

불현듯 발밑에서 진동이 느껴졌다. 땅이 흔들리기 시작한 것이다.

꼬리를 잘린 후페일베인이 고통으로 인해 눈을 떠버린 것일까?

환영룡들은 이미 잉그리스 일행은 안중에도 없었다. 나무 밑동처럼 짧아져 버린 꼬리의 절단면으로 우르르 몰려들어 본체에 흡수되는 중이었다. 상처를 복구하기 위한 본능적인 행동이었다.

하지만 제아무리 신룡이라도 상처가 상처다 보니 곧바로 재생하기는 힘들 것이다.

이제 마무리 작업에 들어갈 때였다.

"라니……! 마지막으로 그걸 부탁해!"

"응, 맡겨줘!"

라피니아는 다시 레오네에게 조종간을 물려주었다.

곧 라피니아가 활시위를 힘껏 당기자 손아귀에서 빛의 화살이 생성되었다. 화살은 연한 하늘색을 띠고 있었다.

현재 라피니아는 두 가지 기프트를 다룰 수 있었다. 하나는 라피니아가 예전부터 애용해 온 화살을 조종하는 능력.

다른 하나는 얼마 전 세오도어 특사로부터 받은 치유 능력. 다만, 기본적으로 이 능력은 대상과 직접 접촉할 필요가 있었다.

그러나 지금 라피니아가 만들어낸 것은 두 가지의 능력을 합친 치유의 화살.

명중시킨 대상을 치료해 주는 효과를 지니고 있었다.

이윽고 라피니아는 꼬리의 절단면을 향해 화살을 발사했다.

피유우우웅!

꼬리에 적중한 하늘색의 화살은 그대로 서서히 절단면에 흡수되어 나갔다.

"잘 될까?! 효과가 있다면 좋을 텐데!"

라피니아는 신중하게 경과를 살폈다.

그러자 꼬리의 절단면 전체가 부드러운 하늘색 빛으로 뒤덮였다.

잠시 후, 피막을 형성하듯 피부가 재생되며 상처가 아물었다.

짧아진 꼬리에서 무럭무럭 새살이 돋아나 원상 복구되기 시작한 것이다.

급속도로 재생이 진행되고 있었다.

비록 프람의 지원으로 기술이 강화된 상태라고는 하지만 발군의 효과였다.

"오……?! 제대로 통했어!"

"해냈구나. 꼬리가 재생되고 있어."

이 기세라면 하룻밤만 지나도 원래대로 돌아올 듯 보였다.

게다가 고통도 사그라들었는지 발밑의 땅울림도 잦아든 상태였다.

후페일베인이 진정되었다는 증거였다.

이대로 신룡을 깨워서 대련을 부탁하고 싶은 마음도 있었지만, 지금은 식욕 쪽을 우선하는 것도 나쁘지 않아 보였다.

"해냈어! 이거라면 배고플 일은 없겠다!"

"라니 말대로야. 꼬리가 재생되면 다시 자르러 오자."

"웅! 더는 참을 필요도 없겠네! 배가 터지도록 먹어 주겠어!"

"나도 동참할게, 라니!"

잉그리스와 라피니아는 환하게 웃으며 서로를 향해 고개를 끄덕였다.

"좋아, 그러면 빨리 돌아가서 고기를 굽자."

"그래! 옮기느라 힘들겠지만 부탁할게, 크리스!"

"맡겨 둬!"

잉그리스는 행복한 미소를 지으며 몸집의 몇십 배에 달하는 거대한 꼬리를 질질 끌고 플라이 기어 포트로 향했다.

까앙! 까앙! 까아앙!

플라이 기어 포트를 정박시킨 숲속 야영지에 단단한 금속음이 울려 퍼졌다. 소리를 내는 것은 레오네와 리제롯테였다.

검은색 대검을 열심히 내려치던 레오네는 잠시 작업을 멈추고 한숨을 내쉬었다.

"……틀렸어. 칼이 박히질 않아."

두 사람은 잘라 온 신룡의 꼬리를 몇 토막으로 나눠보려고 시도하는 중이었다.

하지만 비늘이 워낙 단단한 나머지 칼날이 박히질 않았다.

강철을 아득히 웃도는 무시무시한 강도였다.

가까이 다가가서 대검을 내려친 부위를 유심히 살펴봤지만 긁힌 흔적 하나 없었다.

"이만한 강도라면 무기나 방어구로 가공해서 써먹을 수 있지 않을까. 아니, 오히려 너무 단단해서 그것도 무린가……."

기사 아카데미로 가져가 밀리에라 교장이나 세오도어 특사에게 보여준다면 유용하게 활용해 줄지도 모른다.

다만, 레오네의 관심사는 릭클레어의 생존자들과 식량 부족에 빠진 지역민들을 위해 당장 이용할 방법이 있는가 없는가였다.

이러한 측면에서 본다면 상당히 취급하기 까다로운 소재임에는 분명했다.

"역시 절단면에서부터 고기를 서서히 도려내는 수밖에 없겠어요."

리제롯테도 손을 멈추고 거대한 꼬리의 절단면 앞으로 다가갔다.

"그러게. 달리 방법이 없겠어."

레오네도 리제롯테 옆에 나란히 서서 말했다.

깔끔하게 수평으로 잘라 놓았던 꼬리의 절단면에는 어느샌가 커다란 구멍이 하나 만들어져 있었다.

이것이 누구의 소행인지는 굳이 설명할 필요도 없었다.

현재 레오네의 귓가에는 지글지글 고기 굽는 소리와 세상을 다 가진 듯 행복한 소녀들의 목소리가 들려오고 있었다.

"우와아! 이 냄새 좀 봐……! 육즙도 굉장해! 이런 고기는 본 적도 없어……!"

"응. 확실히 용 고기라서 그런지 뭔가 다른걸. 맛있다고 들어보기는 했지만 나도 실제로 먹어보는 건 처음이거든."

잉그리스와 라피니아는 어른의 몸집만 한 고깃덩어리를 굽는 데 전념하고 있었다.

고깃덩어리에는 플라이 기어 포트에서 가져온 창이 푹 박혀 있었고, 잉그리스는 이것을 한 손에 들고서 불에다 들이대고 있었다.

이것도 훈련의 일환……이라고 하기에는 너무 편했지만, 불만은 전혀 없었다.

이렇게 창을 꼬챙이처럼 사용하면 열기가 고기 구석구석으로 스며들어 더욱 맛있게 구울 수 있었다.

다만, 잉그리스처럼 신비한 미소녀가 자신의 몸집만 한 고깃덩어리를 한 손으로 들고서 굽고 있는 모습은 남들이 보기에 기묘한 광경일 수밖에 없었다.

하지만 이곳에 있는 사람들은 고깃덩어리보다 훨씬 더 거대한 신룡의 꼬리를, 그것도 무척이나 행복한 얼굴로 옮기던 잉그리스의 모습을 일찌감치 목격한 상태였다.

그래서 잉그리스의 행동을 나무라는 사람은 아무도 없었다.

조금씩 구워져 가는 고기를 바라보는 두 사람의 눈동자는 굉장히 황홀해 보였다. 마치 꿈이라도 꾸고 있는 것만 같았다.

"아아, 너무 행복해. 돌이켜보면 알카드에서 맛있는 걸 잔뜩 먹기로 해놓고 전혀 그러질 못했지. 드디어 숙원을 이루게 됐어……! 딱히 알카드의 명물은 아니지만, 그것보다 훨씬 더 귀한 음식이잖아……!"

"맞아. 용고기쯤 되면 거의 전설상의 식자재지. 우리 어머님들께 갖다 드릴 기념품으로도 딱이네. 분명 기뻐하실 거야."

"오. 괜찮은 생각인걸! 아, 그런데 유미르까지 옮기는 동안 고기가 상하지 않을까?"

"썩지 않도록 육포로 바꾸면 될 거야."

"오오. 과연! 그럼 나중에 육포나 잔뜩 만들어야겠다!"

"응. 그러자."

"하지만 그 전에 우리는 따끈따끈한 고기구이를 맛봐야겠지! 후후후…… 어머님들한테는 미안하지만 이건 현지로 원정을 나온 우리만의 특권이야. 크리스, 크리스, 슬슬 먹어도 되지 않을까?"

"좀 더 굽는 편이 좋겠어. 고기가 커서 골고루 익는 데 시간이 걸릴 거야."

"에에에엑? 더 기다려야 해? 지금도 좋은 냄새가 나는데……. 누구야? 이렇게나 커다란 고기를 통째로 굽자고 한 게."

"……라니잖아? 그래야 박력이 있어서 더 맛있을 거라며."

"그래도 한번 꼭 해보고 싶었는걸……! 모든 소녀의 동경이자 꿈이잖아?"

"뭐, 그건 부정하지 못하겠네."

"너희들, 모든 소녀의 꿈을 멋대로 왜곡하지 마……."

"확실히 박력이 대단하기는 하네요."

어느새 돌아온 레오네와 리제롯테가 어이가 없다는 듯이 말했다.

"레오네, 리제롯테. 그쪽은 어땠어?"

"실패야. 용의 비늘이 워낙 딱딱해서 칼이 박히질 않아."

"주민들을 위해 활용하기는 어려워 보여요. 그래도 식자재 공급에는 차질이 없을 거예요. 절단면 부분부터 고기를 도려내면 되니까요."

"그러면 나중에 나도 한번 시험해 봐야지. 사전에 준비해 두고 싶은 것도 있고."

"어? 무슨 뜻이야?"

"글쎄…… 안전을 위해서라고나 할까? 아니지, 싸움을 조금 더 오랫동안 즐기기 위해?"

"대체 어느 쪽이야."

"거의 반대되는 말 아닌가요?"

"뭐, 걱정할 거 없어. 민폐는 끼치지 않을게."

그렇게 한창 레오네, 리제롯테와 대화를 나누고 있을 때였다.

"꺄아아아아악! 뭐야 이거, 엄청 맛있잖아아아앗?! 평범한 고기와는 차원이 달라……!"

불현듯 라피니아가 소리쳤다.

입을 우물우물 움직이며 행복한 표정을 짓고 있었다.

손에 움켜쥔 작은 나이프에는 맛있게 구워진 용고기가 꿰여 있었다.

다른 일행들이 대화를 나누는 사이 고깃덩어리에서 몰래 도려낸 모양이었다.

"앗, 라니……! 치사하게 먼저 먹는 게 어딨어!"

"참을 수가 없는 걸 어떡해! 그리고 잘라낸 부분은 제대로 구워져 있었어. 그나저나 정말로 맛있어, 이거……! 크리스가 말한 대로야! 이렇게 맛있는 건 처음 먹어봐……!"

"그렇게나 맛있어?"

"저도 흥미가 동하는걸요."

"정말이래도! 무지무지 맛있어! 단순히 굽기만 했을 뿐인데도 육질이 엄청 부드럽고, 소금간만 했을 뿐인데도 깊은 풍미가 느져진달까……! 자자, 너희도 어서 먹어봐!"

라피니아는 신이 나서 레오네와 리제롯테에게 용고기를 나눠
주었다.

입으로 고기를 가져가는 두 사람.

""……?!""

그리고 두 사람은 눈을 휘둥그레 떴다.

"지, 진짜네……! 이런 건 처음 먹어봐!"

"평소에 저희가 먹는 고기와는 차원이 달라요……!"

"그렇지?! 그렇지?! 이렇게나 맛있는 고기를 실컷 먹을 수 있
다니! 얼른 더 먹어야지……!"

라피니아는 잉그리스가 굽고 있는 거대한 고깃덩어리로 다시
손을 뻗었다.

"안 돼!"

하지만 잉그리스는 팔을 움직여 라피니아에게서 고깃덩어리를
멀리 떨어트렸다.

"앗…… 고기가 도망갔다!"

"비겁해, 라니……! 누구는 고기를 굽느라 손도 못 대고 있는데
혼자서만……. 나도 먹고 싶은 걸 꾹 참고 있었단 말이야……!"

잉그리스는 보기 드물게도 입술을 삐죽 내밀며 라피니아에게
불만을 드러냈다.

"아하하. 미안, 미안. 그렇게 삐질 것 없잖아. 하지만 삐진 크
리스도 귀여운걸~."

"에휴, 사람이 심각하게 말하고 있건만……. 몰라! 나도 이젠 안 참을 거야!"

잉그리스는 거대한 고깃덩어리를 입으로 가져가 그대로 덥석 베어 물었다.

"음으읍……?! 우와, 정말로 맛있어……!"

존재감이 느껴지는 식감. 그러면서도 부드럽고 깊은 맛. 고기 특유의 누린내도 전혀 없었다.

솔직히 말해서 이야기로 들었던 것보다 훨씬 맛있었다.

너무나도 훌륭했다. 그야말로 지고의 맛. 극상의 고기다.

한입 베어 물었을 뿐이건만 자기도 모르게 행복한 미소가 피어 오를 정도로 맛있었다.

"후후후. 굉장해……! 무서울 정도로 맛있어."

우걱! 우걱! 우걱우걱!

벌레 먹은 것처럼 조금씩 뜯겨가는 거대한 고깃덩어리.

상상을 뛰어넘는 맛이었다.

입이 멈추질 않았다. 멈출 수가 없었다.

잉그리스의 식욕에 완전히 불이 붙고 말았다.

"나도 먹고 싶어! 나한테도 줘!"

라피니아도 고깃덩어리의 반대쪽에 달라붙어 베어 물기 시작 했다.

벌레 먹은 부위가 순식간에 두 군데로 늘어나고 말았다.

"앗, 라히. 맨호느로 고기흘 만디헌 어떠해. 육흐비 무허서 더

러허지하나. (앗, 라니. 맨손으로 고기를 만지면 어떡해. 육즙이 묻어서 더러워지잖아.)"

"어헐 후 업허. 나호 힐사더이한 말히하! (어쩔 수 없어. 나도 필사적이란 말이야!)"

레오네가 그 모습을 보고 한숨을 푹 내쉬었다.

"또 시작이네."

"여전히 무슨 소리를 하는지 모르겠네요. 두 사람은 대화가 잘 통하는 것도 그대로고요."

리제롯테도 비슷한 심정인 듯했다.

"할 수 업디. 자, 어히서부허 머거. (할 수 없지. 자, 여기서부터 먹어.)"

"고마허♪ 우읍⋯⋯?! (고마워♪ 윽⋯⋯?!)"

"왜 그해? (왜 그래?)"

"흐게⋯⋯ 이호근 헤대호 안 구어헌나 바. (그게⋯⋯ 이쪽은 제대로 안 구워졌나 봐.)"

"함칸만 기다혀 바. (잠깐만 기다려 봐.)"

화르륵!

잉그리스는 손끝에서 화염 마법을 구사해 라피니아가 먹던 부분을 집중적으로 구워 주었다. 아무래도 살짝 덜 익은 부위가 남아있어 라피니아의 식사를 방해한 모양이었다.

"어디⋯⋯ 이 정도면 되겠어?"

"고마워, 크리스! 좋아, 오늘은 작정하고 먹어 주겠어! 그리고 내일부터는 고기를 잔뜩 썰어다가 식량 부족에 시달리는 마을에 전해주러 가야지!"

"그래. 용의 꼬리가 자라나면 또 잘라야 하고. 바파딜 거햐. (바빠질 거야.)"

"바하던 바햐! 열히미 일하고 혈디미 먹햐! (바라던 바야! 열심히 일하고 열심히 먹자!)"

"그해. 흐허쟈. (그래. 그러자.)"

우걱우걱우걱우걱!

다시금 맹렬하게 줄어들기 시작하는 고깃덩어리.

"이러다 둘이서 전부 먹겠네……. 엄청난 양인데도 말이야."

"그, 그래도 문제없어요. 저 정도도 극히 일부에 불과하니까요. 우리도 고기를 좀 잘라다가 굽는 게 어떨까요? 다른 일행분들도 드셔 봐야죠."

"응. 알았어."

이후 레오네와 리제롯테는 용고기를 구워 주변 사람들에게 대접했고, 아니나 다를까 맛있다며 대호평이 이어졌다.

극상의 요리는 단순히 배를 채워주기만 하는 것이 아니다.

먹은 이의 마음을 북돋아 주고, 다음 하루를 살아갈 활력을 부여해 준다.

덕분에 신룡의 고기를 만끽한 사람들은 내일부터 시작될 활동에 의욕적으로 임할 수 있어 보였다.

◆ ◇ ◆

그리고 닷새가 지났다.

"그럼 착륙할게."

때는 하늘이 빨갛게 물든 해 질 녘.

플라이 기어 포트를 조종하던 라티가 신호와 함께 광장에 기체를 착륙시켰다. 일행들이 사용하던 야영지는 요 며칠간의 정비를 통해 크게 확장된 상태였다. 착지하기에 부족함이 없는 공간이 확보되어 있었다.

야영지에서는 사람들이 자기 할 일을 찾아 부산스럽게 돌아다니고 있었다.

까아앙! 쿠구우웅! 까앙, 까앙, 까아아앙!

그리고 어딘가 멀리서 시끄러운 소리도 들려오고 있었다.

"좋아, 다들 수고했어! 마지막으로 내일 옮길 짐만 실으면 오늘 일은 끝이야."

"예, 라티 왕자님! 다들 들었지? 당장 착수하자!"

"예!"

"알겠습니다!"

"맡겨 주십시오!"

라티의 말을 들은 루인이 호령을 내렸고, 기사들도 밝은 표정으로 대답했다.

릭클레어에 갇혀 있던 기사들은 현재 라티 왕자의 직속 기사단이라고 해도 무리가 아니었다.

플라이 기어 포트와 플라이 기어를 이용하여 주변 지역의 주민들에게 신룡의 고기를 나눠주자 다들 굉장히 기뻐하며 고맙다는 말을 전해 왔다. 라티 왕자가 직접 식자재를 옮겨주었다는 사실을 알고서 감격의 눈물을 흘리는 자들마저 존재했다.

기사들에게는 이러한 광경들이 충실감으로 이어졌고, 그것이 표정에 그대로 드러난 것이다.

"오늘도 레오네 양이 고기를 썰어다 주겠지?"

"예쁘더라, 그 애. 매번 고생한다는 말도 빠짐없이 해주고 말이야. 내가 제일 먼저 내려야지!"

"나는 리제롯테 양이 아가씨다워서 좋던데."

"그래도 역시 제일 예쁜 건 잉그리스 양이지. 다들 미인이지만 그 애는 차원이 다르잖아."

"그건 그렇지만⋯⋯. 그 애가 벌이는 짓들도 하나같이 차원이 다른지라⋯⋯."

"하긴. 외모도 행동도 일반인의 범주를 넘어서 있지."

"맞아, 맞아. 레오네 양이나 리제롯테 양은 그래도 아직 이해 가능한 범위에 있잖아."

기사들은 두런두런 대화를 나누며 내일분의 식자재를 회수하기 위해 플라이 기어 포트에서 하선했다.

한편, 라피니아는 그들의 모습을 쳐다보면서 뚱한 표정을 짓고 있었다.

플라이 기어 포트의 조종 자체는 라티도 가능하지만, 마인을 통해서 마력을 흘려보내지 않으면 동력이 없어 날지 못한다. 따라서 오늘은 라피니아가 그 공급을 담당하고 있었다.

"미, 미안. 기사들이 쓸데없는 소리를⋯⋯. 다들 섬세함이 부족하다니까."

"오늘은 당사자가 지켜보고 있어서 눈치를 봤을 뿐이지, 평소에는 자네 이름도 언급하고 있다. 그러니 기분 상하지 말게나."

"일단 사실이긴 하지만 문제는 그게 아니잖아, 루인."

"그, 그런가요⋯⋯? 죄송합니다, 왕자님."

라티와 루인의 대화를 듣고 있던 라피니아는 한숨을 푹 내쉬었다.

"그게 아냐. 원래 이건 내 역할이 아니라는 뜻이야. 무슨 소린지 알지?"

"응? 어, 어어⋯⋯. 알고 있어."

라피니아도 협력하는 게 딱히 싫지는 않았지만, 이왕이면 다른 역할을 맡고 싶었다.

일단 라티가 전면에 나서서 주변 지역을 지원하는 것은 일찌감치 합의된 사항이었다.

그렇게 함으로써 주민들의 신망은 라티에게 집중되고, 그 명성은 정치적인 힘이 된다.

잉그리스도 말했다시피 이쪽은 전면에 나서길 원치 않았기 때문에 공적과 명성은 전부 라티가 가져가도 상관없었다. 오히려 그래서 고마웠다.

플라이 기어 포트의 동력원 노릇을 하는 것도 딱히 불만은 없었다.

오늘도 마을을 돌며 행복해하는 주민들의 얼굴을 볼 수 있어 좋았다.

알카드는 프리즈마로 예상되는 마석수와 하이랄 메나스인 티파니에에 의해 심각한 피해를 받았다. 하지만 알카드의 국민들은 라티를 중심으로 힘을 합쳐 새로운 나날을 개척해 나가고자 하고 있었다. 이러한 희망을 이끌어낸 것은 라피니아로서도 만족이었다.

하지만 모든 부분이 만족스럽기만 한 것은 아니었다.

"어서들 오세요! 마을의 상태는 좀 어땠나요?"

"앗, 프람…… . 응, 다녀왔어. 다들 기뻐해 줬어!"

"그렇군요! 다행이다…… . 지금부터 내일분의 짐을 옮기는 거죠? 저도 도울게요!"

"알았어. 같이 가자!"

당사자가 눈앞에 나타났기에 굳이 입 밖에 꺼내지는 않았지만, 라피니아가 라티에게 건넨 한마디는 사실 프람을 두고 한 말이었다.

사실 오늘 라피니아가 맡은 역할은 프람이 맡아야 자연스러웠다.

라피니아 일행보다는 알카드 출신인 프람이 전면에 나서야 했다.

하지만 프람은 오라버니인 하림이라는 문제를 떠안고 있었다.

한때 알카드의 귀족이자 유능한 행정관이었던 하림. 하지만 그는 티파니에에게 심취하여 하이랜더가 되었으며, 그녀의 오른팔로서 이 지역을 유린했다.

그래서 프람은 마을 원조에 나서지 않고 진지에 남아 다양한 작업을 돕는 중이었다. 주민들을 볼 낯이 없다는 모양이었다.

라피니아도 마음 같아서는 신경 쓸 필요 없다고 말해주고 싶었다.

하지만 프람이 동행함으로써 주민들의 감정이 라티 왕자에 대한 감사보다 하림의 혈족에 대한 원망 쪽으로 향할 가능성도 부정할 수 없었다.

프람이 속한 가문은 이곳 알카드에서 대대로 대신을 맡고 있었다.

지위와 명예를 갖춘 가문인 만큼 국민을 배신했을 때의 반동도 클 수밖에 없었다.

그러니 쓸데없는 풍파를 일으키지 않으려는 프람의 선택은 잘못되지 않았다.

잉그리스도 이러한 배경을 라피니아에게 해설해 줬으며, 레오네도 이해하지 못할 결정은 아니라고 프람을 두둔했다. 프람으로서는 라티를 위해 이렇게 할 수밖에 없다고.

"있잖아, 프람. 내일은 프람이 플라이 기어 포트로 직접 가보는 게 어때? 방금도 마을의 상태가 궁금하다 그랬잖아?"

"그, 그건…… . 궁금하기는 하지만 제가 가봤자 쓸데없는 혼란만 일으킬 뿐인걸요. 죄송해요, 라피니아. 저는 여기에 남아서 할 수 있는 일을 할게요."

"응……."

"저도 그러는 편이 나을 것 같습니다. 프람 님. 지금은 라티 왕 자님의 이름으로 주변 지역들의 민심을 확보해야 하는 중요한 시 기입니다. 과거의 상처를 헤집기보다는 앞으로 나아갈 수 있도록 등을 떠밀어 주는 것이 좋지 않을까 싶군요."

근처에서 걷고 있던 루인도 두 사람의 대화를 들었는지 프람을 달랬다.

"네, 알겠어요."

프람은 얌전히 고개를 끄덕였다.

"…………."

어쩌면 프람은 루인의 눈치를 보느라 본의 아니게 남아있는 것 일지도 몰랐다.

만약 그렇다면 라피니아는 한마디 정도 따끔하게 해줄 생각이 었다. 하지만…….

"프람 님. 저희가 처형당하지 않고 살아서 릭클레어를 나올 수 있었던 것은 프람 님께서 목숨을 걸고 하림 님을 말려주신 덕분 입니다. 즉, 프람 님은 생명의 은인인 셈입니다. 정말로 감사드립 니다."

"아, 아뇨. 무슨 말씀을……."

"……프람 님 덕분에 목숨을 건진 저희는 하림과 프람 님이 다르다는 것을 잘 이해하고 있습니다. 하지만 안타깝게도 주민들은 그러지 못하지요. 주민들의 상처가 치유되고, 냉정하게 판단할 여유가 생긴다면 프람 님께서도 그들에게 직접 말을 건네 주십시오. 분명 라티 왕자님께서 그럴 수 있는 환경을 만들어 주실 것입니다. 저희도 부족한 몸이나마 최선을 다할 테니, 부디 조금만 참아주시길 바랍니다."

"네……. 고맙습니다."

프람이 미소를 지으며 대답했다.

"…………."

라피니아의 이번 침묵에는 나쁜 뜻이 없었다.

루인은 루인 나름대로 진지하게 프람을 걱정해 주고 있는 모양이었다.

지금의 대화로 그의 진심을 느낄 수가 있었다. 그렇다면 굳이 라피니아가 나설 필요는 없었다.

"루인의 말대로야……! 우리가 어떻게든 해 보일 테니 안심하고 있어."

라티가 프람의 어깨를 탁 두드리며 말했다.

"네, 라티. 고맙습니다."

"…………."

라피니아는 다시 한번 불만을 느꼈다.

계속 이러한 상태가 이어진다면 프람은 답답하고 괴로울 터였다.

이 분위기를 불식시킬 수 있는 사람은 역시 라티밖에 없었다.

예전에 라티는 자신이 왕이 되어서 프람을 왕비로 맞이하겠다고 라피니아 일행들 앞에서 선언한 적이 있다. 프람을 지켜주기 위함이었다.

딱히 강요할 생각은 없었지만, 적어도 프람에게는 그런 의중을 미리 알려줬으면 하는 것이 라피니아의 바람이었다.

그러면 프람도 불안감 대신 희망을 품고 주어진 일에 매진할 수 있을 터였다. 라피니아 또한 기분 좋게 그들을 도울 수 있을 것이다.

그렇다고 해서 제삼자인 라피니아가 프람에게 이 사실을 이실직고할 수도 없는 노릇이었다. 그래서 더더욱 마음이 뒤숭숭했다.

"못 봐주겠네. 30점이야……."

"엑……?! 뭐, 뭐가 문젠데?"

잉그리스는 라티가 아직 구체적이지 않은 약속으로 프람에게 헛된 기대를 품게 만들고 싶지 않을 뿐이라고 설명했다. 시간이 해결해 줄 테니 걱정하지 말라는 것이었다.

하지만 라피니아는 라티가 프람에게 자신의 속내를 털어놓을 필요가 있다고 느꼈다. 그래야 프람도 심경의 변화를 맞이하고, 두 사람의 관계도 좋은 쪽으로 발전할 것이라 여겼기 때문이다.

굳이 그런 이유가 아니더라도 줄곧 불안해하고 있는 프람에게 무언가 도움을 주고 싶었다.

이대로는 평상시와 다를 것이 없었다. 라피니아는 두 사람이 조금 더 진전된 모습을 보여주길 원했다.

"할 거면 제대로 좀 하라는 뜻이야……!"

라피니아는 그렇게 말하며 직접 행동에 나섰다.

라티와 프람의 손을 붙잡아 억지로 서로에게 쥐여 준 것이다.

"" ……!""

"됐다. 뭐, 이 정도면 70점?"

"가, 갑자기 무슨……?!"

"라, 라피니아……?!"

"짐은 내가 옮길 테니까 너희는 기분 전환 겸 산책이라도 하고 와. 두 사람 모두 계속 일만 했잖아. 한숨 돌릴 시간 정도는 있어야지. 대신에 손은 놓지 않기다! 절대로 안 돼! 자자, 얼른 다녀와. 안 그러면 내일부터 도와주지 않을 줄 알아."

라피니아는 그렇게 말하면서 프람과 라피니아를 옆길로 떠밀었다.

"아, 알았어. 나 원……. 가자, 프람."

"앗, 네. 라티."

두 사람은 머뭇거리며 산책로를 걸어가기 시작했다.

그렇지 않아도 최근 두 사람은 좀처럼 함께할 기회가 없었다. 그러니 이 기회에 라티가 자신의 속마음을 프람에게 전달했으면 했다.

설령 라피니아의 희망대로 흘러가진 않더라도 두 사람은 나쁘지 않은 시간을 보낼 수 있을 것이다.

루인도 딱히 반대하지 않고 묵묵히 두 사람을 배웅했다.

"……자, 우리는 내일 나눠 줄 물자를 옮기도록 하죠!"

"그래, 그러지."

루인은 미소를 지으며 고개를 끄덕였다.

까아앙! 쿠구우웅! 까앙, 까앙, 까아아앙!

여전히 시끄러운 소리가 울려 퍼지는 가운데…….

길을 따라 걸어간 라피니아는 신룡의 꼬리 해체가 한창인 레오
네와 리제롯테 앞에 도착했다.

레오네의 마인무구인 검은색 대검은 크기를 변형시킬 수가 있
었기에 신룡의 꼬리에서 고기를 도려내는 데는 가장 적합했다.

그래서 레오네는 꼬리를 자르러 갈 때를 제외하면 늘 이곳에서
고기를 자르는 작업을 도맡고 있었다.

리제롯테도 레오네처럼 주로 고기를 도려내는 작업을 하고 있
었다.

리제롯테의 마인무구인 할버드의 도끼 부분도 고기를 자르는
데 적합했다. 기프트를 이용하면 비행도 가능했기에 손이 닿지
않는 부분의 고기도 간단히 도려낼 수 있었다.

한편 라피니아는 오늘처럼 마을에 식자재를 운송할 때를 제외

하고는 레오네가 자른 신룡의 꼬리를 장기간 보존이 가능하도록 훈제로 만드는 일에 매진하고 있었다.

배고플 때마다 군것질도 할 수 있으므로 라피니아에게는 즐거운 작업이었다.

훈제한 고기를 높은 곳에 걸어 건조할 때도 리제롯테의 비행 능력이 요긴하게 사용되었고, 따라서 리제롯테는 라피니아의 작업도 도와주고 있었다.

라티의 부하인 기사들은 마을과 촌락에 식량을 나눠주러 다니거나, 이 야영지에 아예 마을을 세워버리기 위해서 본격적인 토목 공사를 진행하고 있었다. 프람은 토목 공사를 중심으로 일손을 돕고 있었고, 때때로 훈제 만들기를 돕기 위해 이곳에 얼굴을 내비치기도 했다.

처음에는 별다른 생각 없이 설치한 야영지였지만, 어느샌가 이곳을 중심으로 릭클레어의 재부흥이 진행될 조짐이 보였다.

"레오네, 리제롯테! 둘 다 고생이네. 많이 좀 했어?"

라피니아가 작업 중인 두 사람에게 말을 걸었다.

이곳 알카드는 눈으로 뒤덮인 추운 지방이다. 그런데도 두 사람은 땀을 뻘뻘 흘리면서 작업에 임하고 있었다.

"아, 라피니아. 어서 와. 보다시피 한참 멀었어."

"저희가 고기를 도려내는 속도보다 이곳에 추가되는 속도가 더 빨라서요."

두 사람이 작업 중인 신룡의 꼬리 외에도 또 하나의 꼬리가 근처에 떡하니 놓여 있었다.

아무리 신룡의 꼬리라 하더라도 너무 오래 방치하면 썩어버릴 것이다. 그러니 도축해서 주변에 나눠주든, 훈제해서 보존식으로 가공하든 서둘러 처리해야 했다.

"괜찮겠어? 크리스더러 도와달라고 할까?"

"아냐, 괜찮아. 이것도 좋은 훈련이니까. 잉그리스도 본인 나름대로 할 일이 있는 것 같고."

"저희, 조금씩 요령이 잡히기 시작했는지 작업 속도도 빨라졌어요."

신룡의 고기는 분명 극상의 육질을 자랑하는 식자재지만, 생고기일 때는 탄력이 워낙 강해서 웬만한 칼은 듣지도 않았다.

불에 구워야 비로소 부드러워져 맛있게 먹을 수 있었다.

그래서 레오네와 리제롯테는 마인무구를 쓰고도 상당한 중노동을 겪어야 했다.

하지만 힘들고 지루해도 다른 이들에게는 분명히 도움이 되고 있었고, 이것도 훈련의 일환이라고 생각하면 썩 나쁘지만은 않았다.

"일단은 내일 나눠줄 고기를 가져가도록 할게."

"그래. 다른 사람들도 가지러 왔더라."

"저쪽에 쌓아 두었으니 들고 가시면 돼요. 아니면 저희가 거들어 드릴까요?"

"아냐, 됐어. 크리스를 불러올 테니까 두 사람은 그대로 계속해 줘."

라피니아는 그 말을 남기고 혼자서 잉그리스를 부르러 갔다.

도축 작업장을 벗어나 야영지의 외곽의 숲으로 향하는 라피
니아.

까아앙! 쿠구우웅! 까앙, 까앙, 까아앙!

숲으로 다가가면 다가갈수록 그 소리는 점점 더 강하게 울려 퍼
졌다.

콰앙, 콰앙, 콰앙, 콰앙! 쿠구구구궁! 쫘아아아앙!

"어, 엄청 시끄럽네……!"

귀가 아플 정도였다.

콰과과과과과과광! 쿠궁! 쿠궁! 쿠궁! 쿠궁!

라피니아는 숲속에 부자연스럽게 생겨난 크레이터 한가운데서
잉그리스의 모습을 볼 수 있었다.

잉그리스는 발밑의 무언가를 향해서 맹렬한 기세로 주먹을 내
리치는 중이었다.

야영지에 울려 퍼지던 소음의 정체는 잉그리스가 주먹으로 단
단한 물체를 두드리는 소리였다.

깊게 파여서 크레이터가 되어버린 바닥은 충격의 여파로 발생
한 결과물이었다.

"크리스! 잠깐만 멈춰 봐! 우리 쪽으로 와서 좀 도와줄 수 없
을까?!"

라피니아가 외치자 잉그리스의 움직임이 뚝 멈추었다.

"아, 라니. 어서 와."

환경 파괴의 주범이 라피니아를 향해 빙그레 웃어 보였다.

크레이터 한복판이라는 배경과 주먹을 치켜든 자세만 아니라면 환상적일 정도로 아름다운 미소였다.

"다친 데는 없어? 무서운 일을 겪지는 않았고?"

잉그리스가 굉장히 걱정스러워 보이는 얼굴로 물었다.

크레이터 한복판이라는 배경과 주먹을 치켜든 자세만 아니라면 그렇게 보였을 것이라는 뜻이었다.

맨날 저런 짓만 해대니 답이 안 나온다는 소리나 듣는 것이다.

꽝음이 연일 계속되자 야영지에 머무는 사람들은 무슨 일인가 싶어서 다들 한 번씩 이곳을 찾아와 봤다. 그렇게 잉그리스의 행동을 목격한 그들은 심장이 덜컹 내려앉는 경험을 해야만 했다.

이제는 다들 익숙해져서 오늘도 열심이구나, 하고 흘려듣게 되었지만.

"난 괜찮아. 크리스는 걱정도 팔자라니까. 그보다 또 커다란 구멍이 생겨나고 말았잖아. 자연을 파괴하는 건 좋지 않아. 나중에 다시 메우려면 고생이라구."

"으……. 어, 어쩔 수가 없는걸. 있는 힘껏 때리지 않으면 변형되지 않으니까."

"꼭 지금 해야만 되는 거야?"

"아마도. 조만간 도움이 될 때가 올 거야."

잉그리스는 발밑에 놓아둔 기다란 물체를 집어 들었다. 그 특유의 생김새 때문에 차르륵 소리가 났다.

비록 변형되고 일그러지기는 했지만 어쨌든 기다란 형태를 갖춘 그것은…… 한때 신룡의 꼬리였던 것이었다.

정확하게 말하면 레오네와 리제롯테가 고기를 전부 도려내고 남은 껍데기. 즉, 용의 비늘로 뒤덮인 가죽이었다.

잉그리스는 후페일베인의 비늘 가공에 도전하고 있었다.

그것도 주먹으로 온 힘을 다해 두들긴다는 원시적이기 짝이 없는 방법을 동원해서.

하지만 에테르 셸을 발동시킨 잉그리스의 주먹이 이곳에 존재하는 어떤 도구나 마인무구보다도 단단한 것도 사실이었다.

따라서 이는 원시적인 듯 보여도 가장 합리적인 방법이었다.

"아, 알았으니까 적당히 부탁해. 그보다 내일 나눠줄 고기를 플라이 기어 포트에 실으려고 하는데, 도와줄 수 있어?"

"응. 그럴게. 다 싣고 나서 저녁이나 먹자."

"알았어. 오늘도 배불리 먹어야지……!"

"이렇게나 맛있는 고기를 무한정 먹을 수 있다니, 정말 최고야."

"내 말이! 눈을 퍼먹을 때와 비교하면 천지차이야! 앞으로도 이 생활이 계속됐으면 좋겠다. 질릴 때까지."

"그러면 이곳을 떠나지 못하게 될지도 몰라. 신룡의 고기는 진짜로 맛있어서 질리지 않을 것 같거든."

"아하핫. 틀린 말은 아니네. 아아, 얘기했더니 배고파지기 시작했다! 얼른 일 끝내고 저녁 먹으러 가자!"

"응. 그러자, 라니."

하지만 바로 다음 날. 라피니아가 말한 '이 생활이 계속됐으면 좋겠다'라는 소망은 무너지고, 잉그리스가 말한 '도움이 될 때'가 찾아오고 말았다.

영웅왕,

극한의 무를 위해 전생하다

그리고 세계 최강의 견습 기사가 되다♀

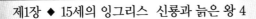

다음 날.

잉그리스 일행은 플라이 기어에 탑승해 신룡 후페일베인의 영역으로 접근했다.

이미 일과가 되어버린 꼬리 자르기를 위해서였다.

하지만.

"어라……? 뭔가 이상한데?"

스타 프린세스호의 조종간을 쥐고 있던 라피니아가 고개를 갸웃했다.

"그러게. 평소와 달라."

"환영룡이라고 했나요? 그게 보이질 않네요……?"

라피니아와 동승 중인 레오네와 프람도 마찬가지로 의문을 느끼는 모양이었다.

"…………!"

"왜 그러시죠, 라티? 안색이 창백하네요."

잉그리스 측에 동승 중이던 리제롯테가 라티의 상태를 눈치채고 말을 걸었다.

"워, 원인은 잘 모르겠는데, 가, 갑자기 몸이 떨리기 시작했어……! 어, 엄청나게 위험해 이건. 예삿일이 아니라고……! 이, 일단 돌아가자!"

"네……?! 그, 그게 무슨 뜻인가요?"

"크리스……?! 뭔가 좀 알겠어?!"

"후후후후……. 응, 알겠어. 알고말고. 후후훗……."

라피니아가 묻자 잉그리스는 세상 기쁜 미소를 지어 보였다.

"우와, 표정 좀 봐. 분명 터무니없는 일이 벌어질 거야……!"

"터무니없는 일이 아니야. 줄곧 기대해 왔던 일인걸. 드디어 라니가 만들어 준 이 무녀복이 제대로 활약할 때가 온 걸까?"

지금까지는 손녀딸처럼 귀여운 라피니아가 만들어 주었다는 기쁨을 곱씹는 용도와 이것을 입은 자신의 모습을 바라보면서 즐기는 용도밖에 없었다.

"……! 크리스, 그 말인즉……."

"응. 분명 신룡이 깨어난 걸 거야. 후후훗."

일단 용고기를 맛보는 데는 성공했지만, 아직 신룡에게 아무것도 물어보지 못한 상태였다. 무엇보다 싸워보지 못했다는 점이 컸다.

손꼽아 기다리던 그때가 마침내 찾아온 것이다.

""……!""

잉그리스의 대답을 들은 일행들의 얼굴에 긴장감이 서렸다.

"일단은 내가 대화를 시도해 볼 테니까 너희는 멀리 떨어져서 지켜봐 줘."

"괘, 괜찮겠어?"

"응. 맡겨 줘. 아, 그렇지. 한 가지 부탁하고 싶은 게 있는데."

"어? 뭔데?"

"뭐든지 말해 봐. 협력할게."

"고마워. 내가 만들어 놓았던 거 있잖아. 그걸 그렇게 해서……
이렇게……."

"아아, 맨손으로 쾅쾅 내려치던 그거 말이구나."

"여기로 가져와서 크리스 말대로 하면 되는 거지……?"

"응. 부탁할게."

라피니아 일행에게 모든 설명을 마친 잉그리스.

"그럼 다녀올게!"

이윽고 웃으며 플라이 기어에서 뛰어내린 잉그리스는 공중에
서 여러 번 회전한 뒤 지상에 가뿐히 착지해 보였다.

잉그리스가 착지한 장소는 환영룡들의 서식지 한복판이었고,
평소 같았으면 환영룡들이 일제히 습격해 왔어야 했다. 무녀복을
입고는 있지만 옷에 마나를 흘려보내지는 않았기 때문이다. 전신
에 중력장을 적용하고 있을 뿐이었다.

지금까지처럼 신룡이 잠들어 있었다면 본능적으로 생성된 환
영룡들이 공격해 왔을 터였다. 하지만 그렇지 않다는 말인즉, 신
룡이 환영룡들을 이성적으로 억누르고 있다는 뜻이었다.

그리고 잉그리스도 신룡의 꼬리를 향해 걸어가며 피부로 느끼
고 있었다.

후페일베인의 압도적인 기척을.

"역시 뭔가가 달라……."

한편 잉그리스는 자신의 감각이 평소 같지 않음을 느꼈다.

다가가면 다가갈수록 신룡이 가깝게 느껴졌다. 최근 며칠간 맞이한 변화 중 하나였다.

이 상태라면 굳이 무녀복을 경유하지 않고도 직접 대화가 가능할지도 몰랐다.

신룡의 꼬리 앞에 도착한 잉그리스는 소리를 내서 물었다.

"신룡 후페일베인이여. 제 목소리가 들리나요? 잠시 대화를 나누고 싶습니다."

그러자 잉그리스의 머릿속에서 목소리가 들려왔다.

『늙은 왕이여, 이해할 수가 없군. 어째서 증오스러운 신의 힘을 품은 그대가 내 권속들의 기운을 발하고 있지?』

『오오, 대단하네요. 저를 알아보시는 건가요?』

신룡의 물음에 잉그리스도 똑같은 방법으로 대답했다.

어느샌가 잉그리스도 머릿속으로 말을 걸 수 있게 된 것이다.

처음부터 가능했다면 좀 더 온건한 방법으로 신룡을 깨웠을 테지만, 이제 막 습득한 능력이니 어쩔 수가 없었다.

아마도 이것은 용들의 교신 방법일 것이다.

『잊을 턱이 없지. 그 신의 힘……. 네가 살아있는 동안에는 다시 만날 일이 없을 줄 알았건만, 어떤 의미로는 기쁘군……. 하나 안타깝게 되었구나, 늙은 왕이여. 아무래도 내 봉인은 불완전했던 모양이다. 늙은 왕의 수명이 다하기도 전에 내가 깨어나고 말았으니.』

『과연. 제 에테르를 느끼고 저라는 사실을 인식했던 거군요.』

잉그리스가 고개를 끄덕였다.

에테르를 인식하고 개체 식별까지 해내다니. 역시 대단했다.

지금 이 세상에서 그런 짓이 가능한 존재는 혈철쇄 여단의 흑
가면을 제외하면 아무도 없었다.

즉, 흑가면에 버금가는 싸움을 기대해 볼 수 있다는 뜻이었다.

하지만 아쉬운 점도 있었다.

에테르로 개체 식별이 가능한 덕분에 후페일베인은 잉그리스
를 전생의 잉그리스 왕이라고 인식하고 있었다. 그리고 봉인이
불완전해 예상보다 빨리 깨어났다고 생각하는 눈치였다.

즉, 잉그리스 왕에게 봉인당했던 신룡은 이번에 처음으로 눈을
뜬 것이다.

『하지만 한 가지 틀렸어요. 봉인은 썩 훌륭했거든요. 당시에 여
신 아리스티아 님께서 직접 힘을 빌려주셨으니 말이죠. 그날 이
후로 처음 눈을 뜨셨나 보군요?』

잉그리스 왕이 천수를 다하고, 한참의 세월이 흘러, 잉그리스
유크스로 다시 태어나 지금에 이르기까지 15년.

후페일베인은 그동안 계속 봉인당한 채로 잠들어 있었다.

그만큼 깊게 잠들었으니 도중에 꼬리가 잘렸다는 사실을 알아
채지 못하는 것도 무리가 아니었다.

『……무슨 소리지? 수명이 얼마 남지 않은 네가 살아있다는 것
이야말로 가장 큰 증거일 터.』

『지상으로 나와서 직접 보면 알 수 있을 겁니다. 이제 그곳에

파묻혀 있을 이유도 없잖아요? 땅속이 아늑해서 그런 거라면 굳이 말리지는 않겠지만요.』

『웃기지 마라. 내가 너를 잠자코 보내 줄 성싶으냐……. 신조차 멸할 수 있는 내가 한낱 인간에 의해 땅속에 처박히게 된 굴욕……. 유구한 삶 속에서도 그런 경험은 처음이었다……. 내 손으로 직접 너를 처단해 이 굴욕을 씻도록 하겠다!』

쿠구구구구구구……!

커다란 소리와 함께 발밑이 심하게 흔들리기 시작했다.

신룡의 꼬리를 중심으로 바닥에 다수의 균열이 발생했다.

그러더니 안에서 거대한 무언가가 솟아나 지반을 완전히 붕괴시켰다.

신룡의 몸 전체가 땅속에서 기어 나온 것이다.

꼬리 근처에 서 있던 잉그리스의 발밑도 예외 없이 무너져 버렸고, 잉그리스의 몸은 신룡의 등에 실려 상공으로 옮겨졌다. 그리하여 웬만한 성채와 맞먹는 웅대하고도 아름다운 자태가 모습을 드러냈다.

그오오오오오오오오오!

우렁차게 터져 나온 포효. 공기가 진동하며 회오리를 연상시키는 돌풍이 휘몰아쳤다.

잉그리스 왕의 기억에도 선명히 남아있는 신룡 후페일베인의 완전한 모습.

이 모습을 처음 보았을 때, 전생의 잉그리스 왕은 분한 나머지 몸을 떨었다.

이 강대한 존재를 제압하기 위해 얼마나 많은 희생을 치렀는가.

이미 늙어버린 몸으로는 혼자서 처치할 수도 없었다.

다수의 전도유망한 젊은이들에게 목숨을 바쳐 싸우라고 명령해야 했다.

자신이 늙었다는 사실이 그토록 분할 수가 없었다.

"후후…… 후후후……. 마침내 나오셨군요."

그러나 이번에 잉그리스 유크스에게 찾아온 떨림은 달랐다.

기대감과 흥분으로 인한 떨림이었다.

"하얏!"

잉그리스는 후페일베인의 등에서 뛰어내려 신룡의 정면에 착지했다.

그러고는 조신하게 웃으며 고개 숙여 인사했다.

"반갑습니다……. 오랜만에 뵙는군요. 여전하신 것 같아서 다행이에요."

가련한 꽃처럼 미소 짓는 잉그리스의 모습을 보고 신룡은 당혹감을 드러냈다.

물론 이 거대한 용에게 표정은 없었지만, 고개를 기울여 눈앞의 소녀를 유심히 살피는 것이었다.

『이해할 수가 없군. 이 에테르의 파장은 분명 그 늙은 왕의 것이었을 텐데……?!』

잉그리스의 머릿속으로 흘러 들어오는 목소리에도 당혹감이 묻어나 있었다.

"네, 제가 맞아요. 당신의 감각은 잘못되지 않았으니 걱정 마시길."

『그렇다면 지금의 모습은 대체……? 심지어는 내 제물들의 옷차림까지……. 마법이나 신의 힘으로 그 소녀의 몸을 빼앗기라도 한 것인가……?』

"그런 짓은 안 해요. 당신을 봉인하고 천수를 다한 저는 여신님의 힘으로 다시 태어났습니다. 전생의 기억과 디바인 나이트로서의 힘을 간직한 채로 말이죠. 제가 당신과 싸웠던 시대로부터 셀 수도 없을 정도로 아득한 세월이 흐른 모양이에요. 그래서 봉인은 썩 훌륭했다고 말한 겁니다. 당신이 깨어난 것은 봉인된 이후로 처음이죠?"

『흥. 좀처럼 믿기 힘든 이야기군…….』

"주변의 광경이 그 증거예요. 당신이 봉인되었던 화산은 온데간데없이 사라지고, 대신 당신에게서 흘러나온 기운으로 한랭 지대가 되어버렸죠. 세계는 우리가 알던 모습과는 완전히 달라져 버렸어요. 느끼지 못하셨나요? 지금 이 세계에서 신의 기척이 사라졌다는 사실을."

『확실히 세상에 감도는 기운이 예전과는 많이 달라져 있군……. 신이 이 세상을 떠났거나, 싸움으로 공멸했거나……. 어느 쪽이든 너희들 인간은 자신들을 지켜줄 존재를 잃어버린 꼴이로군.』

"그 말이…… 맞을지도 모르겠네요."

확실히 이 세계 어디에서도 신들의 기척은 느껴지지 않았다.

후페일베인의 지적에 잉그리스도 고개를 끄덕이지 않을 수 없었다.

『하지만 그게 어쨌다는 말이지……?』

"무슨 뜻인가요?"

『오랜 세월이 흘렀다고 해서…… 세상이 바뀌었다고 해서 과거를 없던 일로 하자고 말하려는 것인가……? 그 옷을 입힌 제물들을 시켜 싸움을 원치 않는다고 선언했을 때처럼……?』

"제물이라…… 그 여성들은 신룡을 섬기는 무녀라고 들었습니다만."

『너희가 멋대로 해석했을 뿐이다. 내게는 한낱 제물에 지나지 않아. 네가 입은 옷은 언제든지 몸을 바치겠다는 뜻의 수의인 셈이다. 어떤 자는 잡아먹고, 어떤 자는 잡아먹지 않고 가만히 지켜보았지. 그러면 대부분은 삶에 집착해서 내게 추태를 부리더군. 그 공포와 절망에 찬 표정이야말로 무엇과도 비교할 수 없는 별미였지.』

"과연……. 당신이 장난 삼아서 먹지 않고 살려둔 자들이 자신을 선택받은 신룡의 무녀라고 여겼다는 뜻이군요."

『딱히 틀린 말은 아니다. 실소할 노릇이지.』

"그렇군요. 무녀였던 분들에게는 들려주지 못할 이야기네요."

신룡의 무녀들이 진실을 모른 채로 역사 속에서 사라져 버린 것은 어떻게 보면 다행일지도 몰랐다.

"이 복장 자체는 예뻐서 마음에 들지만 말이죠."

『크큭. 그건 나도 동의하지…….』

"어이쿠, 취향이 비슷한가 보네요?"

『게다가 지금의 네 몸은 노인일 때보다 훨씬 싱싱하군. 고기도 부드러워 보이는 것이 군침이 흐르는구나.』

"……확실히 그 시절의 저보다는 맛있을 테죠. 어쨌든 저를 잡아먹을 거라는 말씀이시죠?"

『방금도 말했을 것이다. 이 손으로 너를 처단해 굴욕을 씻겠노라고. 맛있어 보이는 네 모습을 보니 더욱더 식욕이 당기는구나. 그렇지 않아도 지금 막 잠에서 깨어나 배가 고프던 참이다. 너는 나와의 싸움을 피하고 싶었던 모양이다만, 아쉽게 되었구나……! 놓치지 않겠다.』

그오오오오오!

후페일베인이 다시 한번 거칠게 포효했다.

진동하는 공기가 잉그리스의 뺨을 때리고, 기다란 은발을 휘날리게 했다.

그리고 잉그리스의 얼굴에는 환한 미소가 피어올라 있었다.

"후후후후……. 고맙습니다. 기나긴 세월이 지났지만, 당신은 변함이 없으시군요……. 감사드릴게요."

『……?』

"지금의 저는 그 무렵의 저와 다릅니다. 다시 태어나 새로운 삶을 즐기는 중이거든요. 싸움을 피하다니, 당치도 않아요. 절대로 도망치지도 숨지도 않을 겁니다……! 저를 먹고 싶다면 부디 원하는 대로 하시길. 저도 남 말할 처지는 아니거든요."

이쪽은 이미 후페일베인의 고기를 실컷 맛본 뒤였다.

본인은 잔뜩 먹어놓고 상대방한테는 먹지 말라고 말하는 것도 웃긴 이야기였다.

역시 용과 인간은 공생할 수 없는 존재일지도 몰랐다.

용에게 있어 인간은 맛있는 음식이었으며, 인간에게 있어서도 용은 맛있는 음식이었다.

심지어는 누군가에게 들은 이야기도 아니었다. 직접 먹어서 알게 되고 말았다. 더는 돌이킬 수가 없었다.

그 맛을 알아버린 이상 이제는 서로를 잡아먹는 길밖에 없어 보였다.

강하고 맛있는 적이라니. 최고이지 않은가.

마석수도 강하기는 했지만, 기본적으로 먹을 수가 없었다.

『남 말할 처지가 아니라고? 무슨 뜻이지?』

"후훗. 아무것도 아닙니다. 모르셔도 돼요."

자는 동안에 꼬리를 몇 번이나 잘라다 구워 먹었다는 사실을 알면 자존심이 강한 후페일베인은 분명 미쳐 날뛸 것이다. 입을 다물고 있는 편이 나았다.

"그보다 배고프신 게 아니었나요? 자, 어서 저를 잡아먹어 주세요. 단, 잡아먹을 수 있다면 말이죠."

자세를 잡은 잉그리스가 빙그레 웃으며 신룡에게 까딱까딱 손

짓했다.

『불손한 태도가 아닐 수 없군. 하지만 바라던 바다……! 이 배고픔을 채우고 예전에 받았던 굴욕을 씻도록 하지!』

그워어어어어!

후페일베인은 우렁찬 포효와 함께 앞발을 휘둘러 잉그리스를 내리찍었다.

흉악한 발톱이 달린 발바닥이 순식간에 눈앞으로 들이닥쳤다.

콰과아아앙!

신룡의 앞발이 내리 찍히자 폭발하는 듯한 굉음이 울려 퍼졌다.

하지만 그 엄청난 질량이 작렬했음에도 이상하게 흙먼지는 일어나지 않았다.

왜냐하면 잉그리스가 팔짱을 낀 채로 후페일베인의 일격을 고스란히 받아냈기 때문이다.

덕분에 주변의 지반이 붕괴하는 일은 일어나지 않았다.

후페일베인의 무지막지한 위력에 땅바닥이 함몰되고 균열이 가기는 했지만.

『……왜 그러지. 젊은 나이로 회귀해서 움직임이 둔해진 것인가? 설마 소녀의 몸이라서 그렇다고 핑계를 대지는 않겠지.』

"설마요. 지금의 전 당신이 알고 있던 늙은 왕과는 다르거든요. 단순히 공격을 받아보고 싶었을 뿐이에요."

나라와 백성의 운명을 짊어진 왕이라면 언제나 최소한의 피해로 전투를 치러야 할 의무가 있었다. 따라서 후페일베인의 인사를 대신한 이 일격도 당연히 피해야 했다.

하지만 지금은 달랐다. 상대의 힘에 정면으로 부딪쳐 승리하는 것이야말로 잉그리스 유크스의 싸움이었다. 그래야만 자신의 성장으로 이어질 테니까. 그래서 신룡의 공격을 받아냈을 뿐이다.

이러는 동안에도 신룡의 앞발은 잉그리스를 짓뭉개기 위해 무시무시할 정도의 압력을 가하고 있었다. 잉그리스는 그 압력이 만족스러운 나머지 얼굴에 미소가 끊이질 않았다.

『흥. 그 말이 허세인지 아닌지 시험해 보겠다!』

"원하신다면 얼마든지요!"

『후회하게 해 주마……!』

고오오오오!

후페일베인이 짧게 울부짖자 그 몸에서 무수한 환영룡들이 생성되었다.

그렇게 만들어진 환영룡들이 앞발의 압력에 버티고 있는 잉그리스를 향해 쇄도해 왔다.

""그워어어어어어!""

날카롭게 돋아난 이빨을 맨몸으로 받아냈다간 큰 부상을 면치 못할 것이다.

게다가 신룡에게 있어 이는 견제기에 지나지 않았다.

이 정도 공격으로 소중한 무녀복을 훼손시킬 수는 없었다.

신룡에게는 제물에게 입히는 수의일지도 모르지만, 잉그리스에게는 라피니아가 만들어 준 둘도 없는 옷이었다. 게다가 멋진 디자인도 마음에 들던 참이었다.

"하아아압!"

에테르 셸!

잉그리스의 몸을 뒤덮은 에테르가 환영룡들의 이빨을 모조리 튕겨내 버렸다. 당연히 무녀복도 무사했다.

『크윽……! 증오스러운 신의 힘인가.』

"이게 다가 아니에요!"

잉그리스는 줄곧 에테르 셸을 사용하지 않고 신룡의 앞발을 막아내고 있었다.

하지만 에테르 셸을 발동시킨 지금이라면……!

"하아앗!"

팽팽하던 힘겨루기가 단숨에 잉그리스 쪽으로 기울었다.

신룡의 앞발을 억지로 밀어서 튕겨내 버리는 잉그리스.

거대한 앞발에 가려져 있던 시야가 트이며 신룡의 모습이 눈에 들어왔다.

그런데 신룡의 입가에 차갑고 눈 부신 빛이 소용돌이치듯 집중되고 있는 것이 보였다.

"……!"

과연 신룡. 빈틈이 없었다.

이것은 후페일베인의 몸에 깃든 냉기의 힘을 응축시킨 드래곤 브레스였다.

브레스에 당하면 인간의 육체 따위는 순식간에 얼어붙는다.

그리고 그 상태로 충격을 받으면 산산조각이 나버리고 마는 것이다.

과거 신룡과의 싸움에서도 수많은 인간이 그렇게 죽음을 맞이하였다.

최강의 위력을 자랑하는 후페일베인의 기술 중 하나였다.

부오오오오오오!

맹렬한 파공음과 함께 분사되는 극한의 냉기.

"정면 승부다!"

에테르 스트라이크!

잉그리스는 에테르로 이루어진 광탄으로 신룡의 브레스에 맞대응했다.

쿠고고오오오오오!

드래곤 브레스와 에테르 스트라이크가 정면에서 격돌했다.

두 공격이 팽팽하게 맞서며 균형을 이루기도 잠시.

에테르 스트라이크 쪽이 힘겨루기에서 승리해 조금씩 신룡 쪽으로 나아가기 시작했다.

『크으윽……?!』

"지금이다!"

다음 기술을 사용하는 데 필요한 시간은 이미 지났다.

이대로 에테르 셸을 사용하면 에테르 브레이커로 연계할 수 있었다.

잉그리스는 에테르 셸을 발동시켰다.

땅을 박차고 도약한 잉그리스가 조금씩 나아가는 에테르 스트라이크를 향해 돌진하던 그때.

『우오오오옷!』

　신룡은 놀라우리만치 민첩한 동작으로 몸을 비틀어 거대한 꼬리를 휘둘렀다.

　터어어어엉!

　신룡의 꼬리가 에테르 스트라이크를 후려쳐 외딴 방향으로 튕겨내 버렸다.

　"제법이군요……! 하지만!"

　잉그리스는 곧장 진로를 변경해 튕겨 나간 에테르 스트라이크를 앞질렀다.

　"모처럼 사용한 기술이니 받으시죠!"

　콰아아앙!

　에테르 스트라이크를 걷어차 다시 신룡에게 날려 보내는 잉그리스.

『감히 잔재주를!』

　후페일베인은 거대한 몸집이 무색하게도 굼뜬 기색이라고는 찾아볼 수가 없었다.

　되받아친 에테르 스트라이크에도 날렵하게 반응해 보였다.

　터어어어엉!

　후페일베인이 재차 꼬리를 휘둘러 광탄을 다른 방향으로 튕겨 냈다.

"아직 멀었어요!"

그리고 잉그리스는 후페일베인의 머리 위로 날아간 광탄을 주먹으로 후려쳐 다시 떨궈버렸다.

『끈질기구나!』

다시금 신룡의 거대한 꼬리가 채찍처럼 굽이쳤다.

신의 힘이 깃든 광탄마저 튕겨내 버리는 그 일격은…… 어째선지 강렬한 파공음과 함께 허공을 가르고 말았다.

『으윽……?!』

에테르 스트라이크가 중간에 방향을 급선회해 꼬리의 궤적에서 벗어난 것이다.

이번에도 잉그리스가 억지로 광탄의 궤도를 바꾼 게 분명했지만, 문제는 그 움직임이 후페일베인의 눈에 보이지 않았다는 점이다.

그때야 후페일베인은 확신했다.

다시 태어난 이 소녀가 과거의 늙은 왕보다도 강하다는 사실을.

비록 상당한 세월이 흐르기는 했지만, 그동안 계속 잠들어 있었던 후페일베인에게는 늙은 왕과의 싸움도 지극히 최근의 일이나 다름없었다.

당시의 늙은 왕은 지금처럼 인식할 수 없을 정도의 속도를 발휘하지 못했다.

후페일베인이 이기지 못할 상대가 결코 아니었으며, 상대방도 그것을 인식하고 있었기에 대규모의 군대와 책략을 동원해 자신을 봉인하려 들었다.

하지만 눈앞의 소녀는 달랐다.

우선 과거의 늙은 왕과 달리 비장감이나 사명감이 없었다. 어렴풋이 미소까지 지어가며 즐겁게 전투에 임하고 있었다.

전혀 두려움을 내비치지 않는 불손한 태도. 그리고 신룡인 자신의 반응 속도를 웃도는 움직임.

이런 경험은 처음이었다. 뭐라 표현하기 힘든 꺼림칙한 기분이 느껴졌다.

다음 순간, 마침내 후페일베인의 등에 에테르 스트라이크가 적중했다.

『크아아아아악!』

"좋았어!"

잉그리스는 그 틈을 놓치지 않았다.

곧바로 에테르 스트라이크가 착탄한 장소로 돌진하는 잉그리스.

그러나 신룡은 몸을 비틀면서 날개를 펼쳐 하늘 높이 날아올랐다.

정말이지 거구에 어울리지 않는 민첩함과 유연성이었다.

하지만 그렇기에 더더욱 즐거운 법!

잉그리스는 속도를 줄이지 않고 그대로 돌진을 계속했다.

후페일베인은 하늘 높이 달아났지만, 에테르 스트라이크는 건재했다. 잉그리스는 에테르 스트라이크가 바닥을 뚫고 소멸하기 전에 위쪽으로 걷어차 후페일베인에게 올려보냈다.

하지만…….

부오오오오오오오오!

에테르 스트라이크가 채 명중하기도 전에 상공에서 혹한의 브레스가 뿜어져 나왔다.

"……!"

두 번째로 브레스와 격돌한 에테르 스트라이크는 결국 힘을 잃고 흩어져 버렸다.

『이걸로 방금과 같은 짓은 불가능하겠지!』

"제법이군요!"

에테르 스트라이크를 소멸시킨 드래곤 브레스는 그대로 잉그리스를 추적해 왔다.

정통으로 맞는다면 아무리 에테르 셸을 두르고 있다 한들 무사하지 못할 것이다.

용이라는 종족은 개체마다 고유한 능력을 지니고 있다.

과거 잉그리스 왕이 살던 시대에 용을 연구하던 자들은 그 독자적인 생체 에너지를 '드래곤 로어'라고 불렀다. 그리고 이는 마나를 통해 운용되는 마법과는 근본적으로 다른 힘이었다.

만물의 원천인 에테르를 근원으로 하지 않기 때문이다.

즉, 이 세상의 법칙으로부터 완전히 독립된 다른 계통의 힘이었다.

용은 원래부터 다른 세계의 존재였다거나, 용의 조물주는 잉그리스가 아는 신들과는 다른 존재라거나, 원래 신들의 종복이었던 용이 신을 죽이고 그 힘을 빼앗았다는 등의 여러 가설이 존재했다.

그중 무엇이 진실인지는 잉그리스도 알지 못했다.

다만, 한 가지 분명한 것은 용의 힘이 신들을 죽이기에 충분할 만큼 강대하다는 사실이다.

실제로 드래곤 로어는 질적으로도 에테르에 뒤지지 않는 힘이었다. 특히 용 중에서도 최고봉에 위치하는 존재인 신룡 후페일베인의 경우에는 두말할 필요도 없었다.

잉그리스는 주변을 내달려 드래곤 브레스를 회피해 나갔다. 극도로 압축된 냉기는 바닥에 닿기가 무섭게 거대한 얼음덩어리를 형성해 움직임을 방해했다.

"신룡의 힘은 역시 대단하군요……!"

주변 일대가 보석처럼 빛나는 얼음덩어리로 가득 채워져 나갔다. 잉그리스는 그 비현실적인 광경에 혀를 내둘렀다.

이만한 위력의 공격을 장시간에 걸쳐 방출할 수 있다니, 내재된 에너지가 그만큼 압도적이라는 뜻이었다. 심지어 아직도 기세가 줄어들 기미를 보이지 않았다.

만약 잉그리스가 비슷한 기술을 사용했다면 일찌감치 힘이 다하고 말았을 것이다.

승부의 결과로 직결된 문제는 아니지만, 힘과 지구력에서는 결코 당해낼 수 없는 적이었다. 그렇지 않아도 지구력 면에서 해결할 과제가 많은 잉그리스는 순순히 격차를 인정할 수밖에 없었다.

결국 더 많은 훈련이 필요했다. 이 격차를 메울 방법은 훈련밖에 없었다.

『왜 그러지! 도망치는 것이 고작인가!』

"글쎄요, 과연 어떨까요……?!"

상대방은 하늘에, 잉그리스는 지상에. 고지를 점하고 있는 신룡이 위치상으로 유리했다.

이쪽에서 반격을 가하려면 높이 뛰어올라 직접 때리든, 에테르 스트라이크를 쏘아 날리든 해야 했다. 어느 쪽이든 직선적인 공격이었다.

둘 사이의 거리가 상당한 만큼 민첩한 신룡은 공격을 간파하고 회피하거나 반격해 올 것이 분명했다.

특히 에테르 스트라이크의 경우에는 앞으로 몇 발 더 사용할 수도 없었다.

게다가 뛰어올라 공격을 하더라도 하늘에는 발판이 없기에 유연한 대처가 불가능했다.

힘과 지구력의 차이를 감안하면 어떻게든 신룡에게 확실한 피해를 줘야 했다.

그러니 지금은 피하며 기회를 엿볼 수밖에 없었다. 분명 조만간 기회가 찾아올 것이다.

『언제까지고 피할 수는 없을걸!』

고도를 유지한 채로 브레스를 날리던 신룡이 앞발을 후려치듯 밑으로 휘둘렀다.

물론 신룡은 공중에 있으므로 그 공격은 잉그리스에게 닿지 않았고, 앞발은 그저 허공을 갈랐을 뿐이었다.

　그런데 그 순간, 흐릿한 잔상이라도 생겨난 것처럼 거대한 앞발이 둘로 분리되었다.

　환영룡을 연상시키는 하얗고 반투명한 앞발이 본체의 움직임을 재현하듯 구현화된 것이다.

　환영룡이 아니라 환영 강타 정도로 불러야 하지 않을까.

　"......!"

　그렇게 만들어진 환영은 본체를 벗어나 지상의 잉그리스를 엄습해 왔다.

　단순히 앞발로 내려치는 것보다 강력해 보이는 일격이었다.

　콰콰아아아앙!

　지면에 환영 강타가 작렬하며 굉음이 일었다.

　동시에 주변을 뒤덮고 있던 얼음덩어리가 파괴되며 그 파편이 사방으로 비산했다. 마치 반짝이는 별들이 세상을 수놓은 듯한 환상적인 광경이었다.

　이것은 환영룡을 응용한 후페일베인의 공격기였다.

　환영룡이란 신룡의 고유한 기운이 자연적으로 권속의 형태를 띠고 적을 공격하는 현상이다.

　그 기운을 의도적으로 조작해 육체의 특정 부위에 집중시키면 또 하나의 손발이 되어 육체의 한계를 뛰어넘는 파괴력을 발휘하게 되는 것이다.

환영룡이 본체로부터 어느 정도 벗어나 활동할 수 있었듯, 환영 강타도 어느 정도 떨어진 위치까지 공격이 가능한 듯했다.

에테르 셸을 발동시킨 잉그리스에게 환영룡의 이빨은 통하지 않았다.

그래서 후페일베인은 힘을 집중시켜 파괴력을 끌어올린 것이다.

본체를 이용한 공격보다 강력한 만큼, 근접 전투가 벌어진다면 본체와 함께 공격하는 것만으로도 두 배 이상의 위력을 발휘할 수 있을 터였다.

잉그리스는 이 기술과도 힘겨루기해보고 싶었지만, 지금은 전황이 여의치 않았다.

원거리 브레스 공격에 이 환영 강타까지 더해지며 회피하기가 어려워졌다.

뒤쪽으로 도약해 환영 강타를 회피한 다음, 착지할 위치에 미리 분사되고 있던 브레스를 확인하고는 얼음의 검을 지면에 꽂아 급정지.

용의 브레스는 곧바로 방향을 전환해 잉그리스를 쫓아왔고, 잉그리스는 그대로 앞으로 내달려 이를 뿌리쳤다.

하지만 뿌리치기도 잠시. 머리 위에서 신룡의 반투명한 오른발이 엄습해 왔다.

기척을 느낀 잉그리스는 즉시 진행 방향을 왼쪽으로 꺾어 회피했다.

그러자 이번에는 움직임을 예측했는지 잉그리스의 진로에 왼발을 이용한 환영 강타가 내리꽂혔다. 하지만 이마저도 잉그리스가 아닌 대량의 얼음덩어리를 파괴하는 데서 그쳤다.

신룡이 잉그리스의 속도를 미처 따라오지 못하고 있는 듯 보였다.

이대로 계속 회피할 수 있겠다고 생각하기도 잠시.

『어디 이것도 피해 봐라!』

신룡은 이건 어떠냐는 듯이 허공에 대고 꼬리를 휘둘렀다.

팔다리로 안 된다면 꼬리를 늘려 공격하겠다는 심산인 듯했다.

잉그리스의 시야 오른쪽에 생성된 환영의 꼬리가 지표면을 휩쓸며 돌진해 왔다.

콰과과과과과과과!

거대한 꼬리가 얼음덩어리들을 박살 내는 소리. 그리고 박살 난 얼음덩어리들이 서로 부딪치는 소리.

극상의 맛을 자랑하던 용의 꼬리는 파괴력 또한 무지막지했다.

하물며 한층 더 강화된 환영의 꼬리는 두말할 것도 없었다.

그래도 꼬리를 이용한 공격 자체는 점프해서 회피할 수 있었다.

하지만 복잡한 소음과 시야를 가득 메우는 얼음 파편들이 상황 파악을 극단적으로 어렵게 만들었다.

이 기회를 놓칠 후페일베인이 아니었다.

『잡았다!』

"흑?!"

콰아아아아앙!

강렬한 충격이 잉그리스의 옆구리를 때렸다. 후페일베인의 환영 강타가 작렬한 것이다.

잉그리스의 몸은 엄청난 기세로 날아가 바닥과 충돌했다.

잉그리스는 두 번, 세 번 튀어 오르고 나서야 자세를 바로잡고 착지하는 데 성공했다.

"아아, 옷이 살짝 찢어져 버렸어."

『이대로 납작하게 뭉개 주마!』

곧바로 잉그리스의 눈앞에 환영 강타가 엄습해 왔다.

"아뇨, 거절하겠습니다!"

라피니아가 손수 만들어 준 소중한 옷이다.

이런 곳에서 엉망으로 만들 수는 없었다.

콰과아아아아아아앙!

잉그리스가 내지른 오른 주먹이 환영 강타와 정면으로 격돌했다.

그 충격파로 인해 주변에 피어오르던 얼음 파편들이 단숨에 날아가 버렸다.

신룡의 환영 강타는 실제 앞발보다 강력했고, 따라서 잉그리스가 에테르 셸로 우위를 가져갔던 이전과는 달리 막상막하의 힘겨루기가 이어졌다.

"……! 후후후. 굉장한 힘이군요!"

그래도 다행히 잉그리스의 주먹이 약간이나마 더 강했고, 환영으로 만들어진 앞발은 조금씩 뒤로 물러나기 시작했다.

팔에서 느껴지는 묵직하고도 저릿한 감촉에 잉그리스는 웃음을 주체할 수가 없었다.

이렇게 치고받을 수 있다는 것만으로도 굉장한데, 배가 고프면 꼬리를 잘라서 구워 먹을 수도 있다니.

신룡이란 이 얼마나 훌륭한 존재인가. 버릴 구석이 하나도 없었다.

『칫! 그러나 내게 날개가 있는 이상……!』

유리한 고지를 점하고 있다는 사실에는 변함이 없다고 말하고 싶은 모양이었다.

"꼭 그렇지만도 않아요……!"

잉그리스가 땅을 박차고 전속력으로 뛰어올랐다.

하지만 잉그리스는 신룡에게 향하고 있지 않았다.

잉그리스의 목적지는 방금 후페일베인이 꼬리로 날려버린 대량의 얼음덩어리 중 하나였다. 꼬리의 위력이 어찌나 강력했는지 하늘 높이 솟아오른 얼음덩어리들이 지금도 사방에서 쏟아져 내리는 중이었다.

"하아아아앗!"

얼음덩어리를 발판 삼아 다른 방향으로 도약.

다음, 그리고 또 다음 발판으로. 잉그리스는 연속해서 얼음덩어리를 밟고 뛰어올라 하늘을 거슬러 올라갔다.

곧장 후페일베인에게 돌격해 봤자 간단히 피하거나 반격당해 버릴 터였다.

하지만 이렇게 얼음덩어리에 몸을 숨기면서 복잡한 궤도로 접근하면 후페일베인은 잉그리스의 움직임을 쫓을 수 없었다.

꼬리를 이용한 후페일베인의 공격은 잉그리스를 몰아넣는 데 도움을 주었지만, 반대로 잉그리스에게도 기회를 제공해 주고 말았다.

『크으으으윽?! 촐랑촐랑 움직이지 말고 썩 나와라!』

"발판을 만들어 주셔서 고맙습니다……! 그리고 또 하나. 하늘에 있다고 해서 유리하다고 단정할 수는 없는 거예요……! 왜냐하면!"

콰과아아아아아아아아아앙!

싸움이 시작된 이래 가장 큰 굉음이 울려 퍼졌다.

기습적으로 돌격한 잉그리스가 후페일베인의 복부에 묵직한 발차기를 꽂아 넣은 것이다.

『컥……?! 크아아아아악……!』

후페일베인의 거대한 몸뚱이가 공중에서 크게 기울어졌다.

"당신의 배는 단단한 비늘로 뒤덮여 있지 않으니까요."

후페일베인의 머리와 목, 등과 꼬리는 경이로운 강도를 자랑하는 비늘로 빼곡히 뒤덮여 있었다. 하지만 복부는 그 정도로 철저하게 보호받지 못했다. 후페일베인은 하늘에서 이쪽을 내려다보며 거드름을 피우고 있었지만, 잉그리스의 눈에는 상대방이 비교적 부드러운 복부를 훤히 노출하고 있는 것으로 보였다. 후페일베인의 생각처럼 잉그리스가 마냥 불리하기만 한 상황은 아니었다.

『으으으으윽! 내가 이 정도로 당할 것 같으냐!』

한순간 휘청거린 후페일베인은 곧 자세를 바로잡았다.

잉그리스의 공격은 제대로 먹혀들었다. 단지 신룡의 맷집이 대단했을 뿐이다.

그리고 분노한 상황에서도 냉정하게 싸움을 이끌어 나가는 점도 칭찬할 만했다.

실제로 후페일베인은 곧장 지상에 내려와 자세를 낮추고 배를 보호하기 시작했다. 그래도 잉그리스에게는 여전히 올려다봐야 할 높이였지만.

"이번에는 접근전인가 보네요."

『방금 깨달았다. 단순한 힘이라면 내가 위라는 사실을!』

후페일베인의 말대로였다.

조금 전, 신룡의 환영 강타와 에테르 셸을 두른 잉그리스의 일격은 거의 막상막하였다.

여기에 후페일베인의 순수한 신체 능력이 더해지게 되면 잉그리스는 그만큼 힘에서 밀릴 수밖에 없는 것이다.

그렇게 힘으로 밀어붙이다 보면 작고 나약한 인간의 육체는 견딜 재간이 없었다.

지금까지의 전투에 비춰봤을 때 후페일베인의 판단은 타당했다. 틀렸다고 보기 어려웠다.

하지만 틀렸다!

『우오오오오오오오오오!』

"하아아아아아압!"

콰아아아아아앙!

다시 한번 후페일베인의 흉악한 앞발과 잉그리스의 작고 새하얀 손이 격돌했다.

무시무시한 굉음이 울려 퍼지고…… 힘에서 밀려 쓰러진 것은 후페일베인 쪽이었다.

『이, 이럴 수가! 이건 말도 안 돼!』

후페일베인은 자기도 모르게 외치고 말았다.

이상했다. 말이 되질 않았다. 어떻게 이럴 수가 있단 말인가.

후페일베인의 경악은 승부의 결과 때문이 아니었다.

자신이 정면 대결에서 패한 이유는 이성적으로 이해할 수 있었다.

간단했다. 눈앞의 소녀가 새로운 힘을 동원했기 때문이다.

후페일베인은 잉그리스의 주먹 위에 반투명한 앞발의 형상이 나타나는 것을 보았다. 환영 강타와 흡사한 기술이었다. 결국 이로 인해서 힘겨루기에 패배하고 말았고, 후페일베인은 몸이 뒤집힐 정도의 기세로 날아가 버린 것이다.

잉그리스의 힘이 증가했다는 사실 자체는 이해할 수 있었다. 하지만 문제는 그게 아니었다.

『어째서……?! 어째서 네가……?!』

일단 격앙되어 외치기는 했으나, 후페일베인은 전투도 소홀히 하지 않았다.

충격으로 날아가는 바람에 몸이 뒤집혀 복부가 훤히 드러난 상태였다.

잉그리스가 이 빈틈을 노릴지도 몰랐다. 후페일베인은 복부에 드래곤 로어를 집중시켜 충격에 대비했다. 그리고 공격이 날아오기 전에 최대한 빨리 몸을 일으켰다.

민첩하게 움직인 보람이 있었던 것일까.

복부에 공격을 허용하기 전에 자세를 바로잡는 데 성공했다.

『내 드래곤 로어를……! 도대체 어떻게?!』

후페일베인은 그렇게 물으며 잉그리스를 쳐다보았다.

하지만 이미 잉그리스는 그 자리에 없었다.

『크으윽?! 어디냐……!』

"비늘이 아무리 단단하더라도 내부로 전해지는 충격까지 막지는 못하겠죠?!"

『……머리 위?!』

시선을 위쪽으로 향한 후페일베인은 그제야 잉그리스의 모습을 발견했다.

잉그리스는 이미 몸을 잔뜩 비틀어 발차기를 날릴 준비를 끝마친 상태였다.

무척이나 아름답고 맛있어 보이는 그 다리에는…….

드래곤 로어로 구현된 환영룡의 꼬리가 칭칭 휘감겨 있었다.

그것이 오늘의 전투에서 후페일베인이 목격한 마지막 광경이었다.

"하아아아아아아압!"

콰과아아아아아아아앙!

에테르 셸에 드래곤 로어까지 더해진 잉그리스의 발차기가 후페일베인의 머리에 작렬했다.

아무리 경이로운 강도의 비늘로 덮여있다 하더라도 충격이 완전히 상쇄되는 것은 아니었다. 머리에 가해진 강력한 충격이 후페일베인의 뇌를 뒤흔들었다.

머리에 잉그리스의 혼신의 일격을 허용한 신룡은 한쪽으로 기울어지기 시작했고, 결국 커다란 땅울림과 함께 쓰러져 버리고 말았다.

"…………."

잉그리스는 자세를 잡은 채로 한동안 상황을 살폈다.

하지만 신룡은 일어나지 않았다. 아무래도 기절시키는 데 성공한 모양이었다.

경계를 약간 풀고서 이마에 맺힌 땀을 닦는 잉그리스.

"후우. 아아, 즐거운 싸움이었어…….."

과연 신조차 멸할 수 있다고 일컬어지는 후페일베인이었다.

절대 만만치 않은 적이었다. 잉그리스 유크스로 다시 태어나 싸워온 강자 중에서도 손에 꼽을 정도였다.

후페일베인과 정면 승부가 가능해 보이는 인물을 꼽자면 혈철쇄 여단의 흑가면이나, 프리즈마의 힘을 흡수해 진화한 유아 정도일까. 유아의 힘은 밝혀지지 않은 점이 많아서 미지수였지만.

"그리고 기쁘네요. 그토록 강대했던 당신을 저의 힘으로 꺾을 수 있게 되었으니까요. 후후후."

잉그리스는 주먹을 꽉 움켜쥐며 해맑게 웃어 보였다.

잉그리스 왕이라면 도저히 불가능했을 위업이었다.

이것으로 명백하게 과거의 자신을 뛰어넘은 것이다.

이 신룡 후페일베인을 정면으로 꺾음으로써 그 사실을 증명해 냈다.

증명이라 해봤자 자신밖에 모르는 사실이지만, 그래도 기뻤다.

약관 15살에 이 경지에 도달하는 데 성공했다. 아직 늙기까지는 많은 세월이 남았다.

더욱더 위를 노릴 수 있었다.

잉그리스는 이것으로 만족하지 않고 계속해서 자신의 실력을 갈고닦을 작정이었다.

이번에는 새롭게 익힌 드래곤 로어에 의지하고 말았지만, 다음에는 순수하게 에테르만으로 승부에 임해볼 생각이었다.

실제로 잉그리스에게 드래곤 로어가 없었더라면 승리를 장담하지 못했을 것이다.

그 점에서는 잉그리스의 운이 좋았고, 후페일베인은 운이 나빴다고 볼 수 있었다.

신룡도 굉장히 놀란 눈치였다. 어째서 잉그리스가 드래곤 로어의 힘을 사용할 수 있는 것인가. 짐작이 가는 이유는 하나뿐이었다.

바로 잉그리스가 후페일베인의 고기를 먹었기 때문이다.

과거 잉그리스 왕은 용살자에 대한 전설을 들은 적이 있었다.

용을 죽인 전사에게는 그 용의 특수한 힘이 깃든다는 전설.

하지만 실제로 전례가 없었기 때문에 듣고도 반신반의했다. 단순한 소문에 불과하다고 여겼다.

애초에 용을 쓰러트린 시점에서 그 전사는 초인이었다. 사람들이 용살자의 힘을 용의 힘이라 착각했을 가능성도 있었다.

하지만 아무래도 그 전설은 사실이었던 모양이다.

잉그리스의 몸에 깃든 후페일베인의 드래곤 로어가 이를 뒷받침했다.

딱히 후페일베인의 숨통을 끊은 것은 아니지만, 꼬리를 잘라서 먹는 행위가 '용살자'의 조건을 충족시킨 듯했다.

어차피 전설의 내용부터 막연했으니 적당히 납득하고 넘어가는 수밖에 없었다.

게다가 전설과 다른 점은 이뿐만이 아니었다. 아무래도 후페일베인의 고기를 먹은 모든 사람에게 드래곤 로어가 깃들지는 않는 모양이었다.

잉그리스에게는 드래곤 로어가 깃들었지만, 라피니아를 비롯한 일행들에게는 별다른 변화가 없었다. 고기 섭취량 때문일지도 모르지만, 잉그리스와 비슷한 양을 먹은 라피니아에게도 별다른 징후가 없는 것으로 봐서 섭취량의 문제일 가능성은 별로 없었다.

다시 말해, 전설에서는 용을 죽이면 누구라도 그 힘이 깃들 것처럼 이야기했지만 실제로는 그렇지 않다는 뜻이다. 상성이 맞는 자만이 드래곤 로어를 익힐 수 있는 듯했다. 상성이 좋고 나쁘고를 가르는 기준은 불명이지만.

어쨌든 새로운 힘은 언제나 대환영이었다.

더욱더 높은 경지에 도달할 수 있을 테니까.

이 드래곤 로어도 훈련을 거듭해서 자신의 것으로 만들어 보일 생각이었다.

현재 잉그리스가 구현할 수 있는 것은 환영룡의 앞발과 꼬리뿐이었다.

그리고 이는 드래곤 로어를 능숙하게 다루지 못하고 있다는 증거였다.

드래곤 로어가 제대로 정착했다면 환영은 잉그리스의 팔다리 형태를 띠었을 것이다.

그러니 아직 갈 길이 멀었다.

에테르도 완전히 다루지 못하는 마당에 드래곤 로어까지 얻으니, 기쁨의 비명이라도 지르고 싶은 심정이었다.

새로운 힘을 능숙하게 다루기 위해서라도 더욱더 많은 훈련이 필요했다.

다행히 최고의 훈련 상대가 이곳에 있었다. 앞으로도 계속해서 상대를 부탁할 계획이었다.

일부러 머나먼 북쪽의 알카드까지 걸음 한 보람이 있었다.

"크리스! 괜찮아? 다가가도 되는 거야?!"

그때 위쪽에서 라피니아의 목소리가 들려왔다.

일행이 탑승한 두 대의 플라이 기어가 부탁받은 물건을 운반해 온 것이다.

물건의 정체는 굉장히 길고 다부진 사슬이었다.

플라이 기어 한 대로는 도저히 옮길 수 있는 크기가 아니었기 때문에, 사슬의 양 끝을 각각의 기체에 묶어 운반해야 했다.

"응. 괜찮아, 라니! 가져다줘서 고마워. 그 사슬을 밑으로 떨어트려 줄래?"

"알았어! 그럼 간다!"

촤르르르륵!

잉그리스가 하늘에서 떨어진 사슬을 덥석 붙잡았다.

단단하고 뾰족한 감촉. 사슬치고는 가지런하지 못하게 일그러져 있었지만, 그 강도는 범상치 않았다.

왜냐하면 이 사슬이 후페일베인의 비늘을 엮어 만들어졌기 때문이다.

잉그리스가 진지 외곽에서 열심히 두드려 완성해 낸 물건이었다.

이런 일도 있겠다 싶어서 작업에 착수했던 것이다.

제아무리 신룡 후페일베인이라 하더라도 본인의 비늘로 만든 사슬을 간단히 끊을 수는 없을 것이다. 그만큼 비늘의 강도는 경이로웠다.

후페일베인에게는 아직 부탁할 것이 많았다. 식량 공급도 도와야 했고, 대련 상대도 되어줘야 했다.

하지만 그렇다고 해서 얌전히 부탁을 들어줄 후페일베인이 아니었다.

그러니 달리 방법이 없었다.

"죄송하지만 잠시만 얌전히 있어 주세요."

잉그리스는 후페일베인의 몸에 사슬을 둘둘 동여매 나갔다.

그리고 얼마 후.

"오늘은 즐거웠어요. 정말로 고마웠습니다."

잉그리스는 기절한 후페일베인에게 정중하게 고개를 숙였다.

"아니, 인사만 정중하면 뭐 해. 이렇게 무례한 짓을 해놓고……."

"그, 그러게……. 살짝 불쌍해 보여."

"저, 저도요……."

라피니아를 비롯한 일행들이 기가 막힌다는 듯 말했다.

"그래? 신경 쓰지 마. 내일 내가 사과해 둘게."

"또 싸울 생각이냐……. 주둔지는 휘말리지 않도록 해줘."

"저, 저도 부탁드려요, 잉그리스……!"

"응. 그러면 돌아가기로 할까. 오랜만에 제대로 싸웠더니 배가 고프네."

그렇게 일행이 떠나고 이곳에 남겨진 것은…….

사슬에 칭칭 감긴 채, 꼬리까지 잘린 상태로 방치된 후페일베인뿐이었다.

이날, 야영지에서는 원망으로 가득 찬 울음소리가 밤새도록 울려 퍼졌다.

영웅왕,

극한의무를 위해 전생하다

그리고 세계 최강의 견습 기사가 되다♀

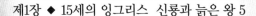

다음 날.

"안녕하세요. 기분은 좀 어떠세요?"

『이 찢어 죽일 자시이이이이익!』

그오오오오오오오오오오오오오!

잉그리스가 사슬을 느슨하게 풀어주자 신룡은 분노의 포효를
터트렸다.

돌풍이 피어올라 잉그리스의 은발을 휘날리게 했고, 압도적인
살기가 전신을 꿰뚫었다.

하지만 잉그리스는 이 저릿저릿한 감각이 오히려 좋았다. 오늘
도 좋은 싸움을 기대할 수 있어 보였다.

"씩씩해 보여서 다행이네요. 꼬리도 벌써 다 재생되었고 말이죠.
역시 대단한 회복력이에요."

『그깟 칭찬으로 내 기분을 풀어주려는 심산인가?! 네가 나의 드
래곤 로어를 터득한 이유를 이제 알았다! 내가 잠든 사이에 꼬리
를 잘라다 먹은 것이렷다……!』

"역시 눈치채셨군요. 말씀하신 대로예요. 하지만 결코 당신의
드래곤 로어를 노렸던 건 아닙니다. 그건 저도 예상하지 못했던
결과예요."

『뭣이? 그렇다면 무슨 목적으로 그런 짓을 저지른 거지?!』

"실은 사정이 좀 있어서……. 주변 지역의 사람들이 굶주림에

허덕이고 있거든요. 어떻게든 식량을 공급할 필요가 있어서 잠들어 계신 동안에 꼬리를 좀 빌렸습니다."

『그게 더 악질이다! 하찮은 인간들의 배고픔을 달래기 위해 내 육신을 나눠주었다고……?! 이 신룡을 가축과 동급으로 취급하다니……!』

"가축과 동급이라니, 설마요. 전혀 다르던걸요? 말로 다 표현할 수 없을 정도로 맛있었어요!"

『나를 우롱하는 것이냐아아아!』

콰아아아앙!

분노한 후페일베인이 꼬리로 바닥을 치자 땅이 울리며 잉그리스의 몸이 한순간 공중으로 떠올랐다.

"맛있다는 건 칭찬 아닌가요?"

『닥쳐라! 감히 이 신룡을 얼간이 취급했겠다……! 기나긴 삶을 살면서 이만한 굴욕을 맛본 것은 처음이다아아아!』

불현듯 후페일베인이 고개를 홱 치켜들었다.

절컥! 절그럭!

보아하니 혹한의 브레스를 내뿜으려고 한 모양이었다. 하지만 신룡의 입에는 특히나 공을 들여서 사슬을 감아 놓고, 만약을 대비해서 아직 풀어주지 않은 상태였다.

후페일베인이 아무리 입을 벌리려 애써도 절그럭거리는 소리만이 날 뿐이었다.

『으그그극! 원통하도다……! 내 비늘이라 나조차 쉽게 끊어낼 수 없는 것인가!』

"자자, 일단 진정하세요. 오랫동안 살다 보면 그만큼 다양한 일을 겪는 법이잖아요. 당신에게 비할 바는 아니지만, 저도 인간치고는 오랜 삶을 살았어요. 한 번은 천수를 다한 몸이기도 하고 말이죠. 설마 여자로 전생하게 될 줄은 꿈에도 생각지 못했지만, 이건 이것대로 즐겁더군요. 당신도 지금 자신에게 벌어진 상황에 몸을 맡기고 즐기시는 게 어때요?"

『가축처럼 고기를 나눠주고, 비늘을 벗겨지는 처지인데 무엇을 즐기라는 말이냐! 웃기지도 않는 소리! 절대로, 절대로 용서치 않겠다! 이번에야말로 너를 밟아 죽이고 다른 인간들도 전부 몰살시켜 주마! 두 번 다시 이 몸에게 불손한 태도를 보이지 못하도록 말이다!』

"그러시군요. 그럼 상대해 드릴게요. 가만히 묶여있는 것보다는 날뛰는 편이 기분 전환에도 도움이 될 테고요."

『오오, 좋다! 어제는 방심했지만, 오늘은 당하지 않는다……! 네 수법은 전부 다 파악하고 있다!』

"후후후. 오늘은 접근전을 중점적으로 단련하고 싶으니 입은 그대로 막아둘게요. 저도 원거리 무기는 사용하지 않을 테니까 이해해 주세요. 옷도 망가져도 괜찮은 복장으로 갈아입고 왔겠다, 마음껏 치고받아 보자고요!"

『네 사정 따위 알 바 아니다! 죽여 주마!』

"고맙습니다. 진심으로 싸움에 임해 주셔서. 당신과 싸우면 싸울수록 저는 더욱더 강해질 테죠……! 하아아아아아압!"

콰아아아아앙!

잉그리스의 주먹과 신룡의 앞발이 충돌하며 굉음이 울려 퍼졌다.

콰과과광! 쿠과과과과과과!

격돌의 여파가 돌풍이 되어 상공에서 대기하고 있던 스타 프린세스호와 플라이 기어를 흔들었다.

"오, 오늘은 어제보다도 격렬하네요!"

"이번엔 더러워져도 되는 옷을 입었으니 마음껏 치고받고 오겠다더라. 누가 크리스 아니랄까 봐……!"

"비, 빈말은 아닌가 보네요……! 너무 빨라서 보이지는 않지만 어마어마한 충격파예요!"

"신룡 쪽도 엄청나게 화난 것처럼 보여……!"

"라티, 그걸 어떻게 알아?"

"응? 그냥 딱 보면 그렇잖아? 완전히 미쳐 날뛰고 있다고, 저녀석!"

"하, 하긴. 어제 그런 상태로 방치했으니 무리도 아닌가……."

라피니아가 끄응, 하고 신음을 냈다.

신룡이 딱하기는 했지만, 이쪽은 아직 주민들에게 나눠 줄 식량이 필요했다. 얌전히 협력해 줄 상대도 아니거니와, 내버려 두면 사람들을 잡아먹으리라는 것도 잉그리스에게 들어서 알고 있었다.

그러니 구속해 둘 필요는 분명 있었다.

"그, 그나저나 무시무시한 전투로군. 저 거대한 괴물을 상대로 한 치도 밀리지 않아……! 이렇게 보니 티파니에를 물리친 것도 납득이 가는군."

잉그리스의 전투를 지켜보고 싶다며 동행을 자처한 루인이 눈을 휘둥그레 뜨고 경악했다.

환하게 웃으면서 거대한 용의 꼬리를 옮겨 오던 모습이나, 이상하리만치 단단한 비늘을 맨손으로 가공하는 모습을 통해서 평범한 소녀가 아닐 것이라고는 생각했다. 하지만 결국 눈앞의 광경에 넋이 나가고 말았다.

저 거대한 용을 주먹 하나로 제압해 나가는 강함.

글자 그대로 눈보다 빠른 속도.

그러면서도 중간중간 모습이 드러났을 때의 움직임은 물 흐르듯 우아하고 아름다웠다.

"인간이란 저토록 강하고도 아름답게 싸울 수 있는 것인가……."

"뭐, 크리스가 특별할 뿐이지만요. 천사의 몸에 장군님의 영혼이 들어가 있다니까요."

"하하하. 확실히 그렇군. 저 모습을 보면 동의하지 않을 수가 없겠어……."

라피니아의 말에 고개를 끄덕이는 루인.

"봐, 내가 말했지? 잉그리스가 당해내지 못할 적이라면 어차피 누구도 쓰러트릴 수 없어."

"예. 라티 왕자님. 그, 그렇지만 이해할 수가 없군요. 어째서 저

만한 실력자가 종기사에 머물러 있는 겁니까……? 하이랄 메나스를 웃도는 실력이라면 성기사나 그 이상의 직위를 맡고 있어야 하지 않을까요. 아니, 카랄리아에서 푸대접을 받는다면 우리에게 오히려 기회일지도 모릅니다. 요직을 약속해 알카드에 편입시키는 방법도 있을 테니까요."

"아니, 무리야. 저 녀석이 종기사인 것은 본인이 원해서이거든."

"예?"

"카랄리아의 칼리아스 국왕도 저 녀석을 근위기사단장으로 임명하고 싶다고 제안한 모양이야. 하지만 저 녀석, 단칼에 거절했다더군. 귀찮다면서."

"뭐, 뭐라고요……? 미, 믿을 수가 없군요……! 어째서 거절한 겁니까……?!"

"출세하지 않고 계속 전선을 누비면서 실력을 갈고닦고 싶대요. 그래서 계속 제 종기사로 남겠다는 거고요. 하지만 전 크리스가 장차 우리 오라버니와 결혼해서 후작 부인이 되어 주었으면 좋겠어요."

그러면 잉그리스와 라피니아는 진짜 가족이 될 수 있었다. 잉그리스는 라파엘과 그리고 자신은 아직 모르는 멋진 낭군님과 아이를 낳고, 길러서 어머니와 이모님처럼 사이좋게 가족을 일구어 나가고 싶었다. 그것이 라피니아가 그리는 이상적인 미래였다.

또 한편으로는 세상 사람들을 위해, 그리고 유미르를 위해서 기사의 의무도 다하고 싶었기 때문에 두 가지를 양립할 방법을 고민하는 중이었다.

"그, 그렇군요……."

"뭐, 어쨌든 저 녀석을 직위로 유혹하는 건 무리야. 반쯤 포기하고 제멋대로 활동하도록 놔두는 수밖에 없어."

"마, 마치 태풍이나 천재지변 같군요."

"그래. 그게 맞는 표현일지도. 그래도 뭐, 나쁜 녀석은 아니야. 게다가 엄청난 미인이라 뭘 해도 보기에는 좋고, 일단은 감시역도 붙어 있어. 라피니아가 하는 말만큼은 듣거든. 그러니까 괜찮아."

"아, 알겠습니다. 그럼 잉그리스 양에게 힘든 싸움을 떠넘겼다고 양심의 가책을 넘길 필요는……."

""없어요. 본인이 좋아서 하는 거니까.""

루인 이외의 모든 일행이 입을 모아서 말했다.

"하하하하…… 그런가요……."

"그래도 신룡을 제압할 필요가 있는 건 사실이야. 아직 식량이 필요하니까."

"맞아. 그래서 말리질 못하겠어. 정말이지, 그럴듯한 이유를 들고 와서 자기 마음대로 하는 데는 선수라니까……."

콰과아아아아아아아아아앙!

바로 그때, 전투가 시작된 이래 가장 큰 굉음이 울려 퍼졌다.

그와아아아아아아아악!

동시에 신룡은 비명 같은 포효를 내지르며 털썩 쓰러지고 말았다.

"후, 오늘도 즐거웠다……! 라니, 애들아! 이제 됐어! 이 틈에 꼬리를 잘라 놓자~ ♪"

잉그리스는 환하게 웃으며 하늘에 떠 있는 일행들에게 손을 흔들었다.

"앗, 끝났나 보네. 좋아, 오늘도 식량을 조달해야지! 시작하자!"

잉그리스가 격전 끝에 후페일베인을 기절시키면, 그 틈에 일행들이 달려들어 꼬리를 잘라내고, 그렇게 확보된 식량을 굶주림으로 허덕이는 주변 마을에 나눠주는 나날이 한동안 계속되었다.

매일 후페일베인과 살벌한 전투를 치르고, 배가 고파지면 고기를 맛있게 먹는 이상적인 수행의 나날.

하지만 그러한 날들에 불현듯 끝이 도래했다.

"안녕하세요! 오늘도 잘 부탁드립니다."

오늘도 귀엽고 해맑은 미소를 지으며 꾸벅 인사를 하는 잉그리스.

다만 손에는 그 표정에 어울리지 않는 흉흉한 물건을 지참하고 있었다.

물건의 정체는 다소 일그러진 형태의 검이었다. 크기는 잉그리스의 신장을 넘어설 만큼 거대했으며, 후페일베인의 비늘 특유의 희미한 푸른색을 띠고 있었다.

후페일베인을 구속하기 위한 예비 사슬도 넉넉하게 마련해 놓았겠다, 마침 비늘 가공에도 익숙해진 참이었기에 무기를 제작해 봤다.

제작법이라고 해봤자 맨손으로 두드리는 것이 전부였기에 칼날을 날카롭게 가는 등의 디테일한 공정은 거치지 못했지만, 신룡의 비늘로 제작된 만큼 그 강도는 보장된 것이나 다름없었다.

잉그리스가 마법으로 만들어낸 얼음의 검은 물론이고 웬만한 마인무구와도 비교가 되지 않을 정도였다.

어쩌면 에테르를 전개해 싸워도 버틸 수 있을지 몰랐다.

이 세상에 신룡만큼 보배로운 존재가 또 어디에 있을까.

새로운 힘에 눈뜨게 해주고, 그 힘을 갈고닦을 수행 상대가 되어주고, 배고플 때 맛있는 식사를 책임져 주었으며, 심지어는 최고의 무기까지 만들어 주었다. 아무리 감사해도 모자랄 정도였다.

"이걸 보세요! 당신에게 받은 비늘로 검을 만들어 봤어요. 제가 보기에도 엄청나게 단단한 무기가 완성된 것 같아요. 오늘은 이걸 사용해서 대련해 볼게요."

검의 성능을 시험해 보기에 후페일베인은 더할 나위 없는 상대였다. 후페일베인의 비늘로 만든 검은 과연 살아있는 신룡의 비늘을 벨 수 있을까? 오늘 잉그리스의 검술 실력은 커다란 시험대에 오르게 될 것이다. 어제까지와는 전혀 다른 싸움이 펼쳐질 것이라는 예감에 두근거림을 멈출 수 없었다.

"평범한 무기는 제 에테르를 버티지 못하고 파괴되어 버려서

늘 고민했거든요. 이 검이라면 분명 그 문제를 해결해 줄 거예요. 당신 덕분입니다. 매번 감사드려요."

정중하게 감사를 표한 뒤 실전에 돌입하려는 잉그리스. 용의 비늘로 제작한 대검의 위력은 과연 어느 정도일까.

하지만 눈을 반짝이는 잉그리스와 달리, 후페일베인의 반응은 영 시원찮았다.

『흥……. 장난감을 휘두르고 싶거든 다른 데서 해라. 나랑은 상관없는 일이다.』

그렇게 일축한 후페일베인은 몸을 둥글게 말면서 자리에 드러누워 버렸다.

"네……?! 어, 어째서죠? 어제까지는 살기등등하게 저를 공격해 주셨잖아요……!"

덕분에 더할 나위 없이 훌륭한 수행을 할 수 있었건만.

『관심 없다. 더 이상 너하고는 싸우지 않겠다.』

"예?! 자, 잠깐만요……! 소, 속이 안 좋아서 그런가요……? 앗, 아니면 배가 고파서 그래요? 인간을 제공해 드릴 수는 없지만, 굉장히 맛있는 고기라면 잔뜩 있어요. 한번 드셔 보실래요? 가져올까요?"

『시끄럽다! 그건 내 꼬리잖아! 나더러 자기 몸을 먹으라는 거냐!』

"하, 하지만 당신이 기운을 내서 싸워주시지 않으면 제가 곤란한걸요……. 도대체 갑자기 왜 그러시는 건가요?"

『나는 쓸데없는 짓은 하지 않는 주의다. 유감이지만 지금의 나

로서는 너한테 이기지 못해. 그 사실을 깨달은 이상 싸움은 시간 낭비일 뿐이다.』

"에엑……?! 용들의 정점에 선 신룡이라는 존재가 그래도 되는 건가요?! 신룡의 긍지가 그렇게 가볍지는 않을 텐데요!"

『…………..』

"실전이야말로 최고의 수행이라고들 하잖아요. 전투 도중에 성장한 당신이 저를 뛰어넘을지도 모를 일입니다……! 그 누구도 그 가능성을 부정할 수 없어요! 자, 그러니까 포기하지 말고 다시 한번 일어나세요! 당신이라면 분명 해낼 수 있을 거예요!"

『흥. 헛된 짓이다. 내가 아무리 성장하더라도 네 성장 속도는 그 이상일 테니까. 싸우면 싸울수록 차이만 벌어지겠지. 설마 모른다고 잡아뗄 생각인가?』

"…………."

『이 격차를 뒤집을 방법이 없지는 않다. 하나는 내가 극적으로 강해지는 것이겠지. 하지만 내가 당장 신룡왕으로 진화하는 기적이라도 일어나지 않는 이상 그건 무리야.』

"오오……?! 뭐, 뭔가요 그건?! 신룡보다도 강대한 용이 존재한다는 건가요……?! 어떻게 하면 되실 수 있는 건데요? 지금 바로 진화해 주세요!"

『억지 부리지 마라! 용이란 원래 세월을 거듭할수록 강해지는 존재다. 설령 내가 전설의 신룡왕이 된다고 하더라도 그건 머나먼 미래의 이야기일 테지. 내가 지금까지 살아온 세월의 몇 배에 달하는 햇수가 필요할 거다. 물론, 이미 너는 수명을 다한 뒤겠지.』

"……몇 번을 더 전생해도 무리일 것 같네요. 다시 여신님을 만나서 부탁드려야 되나? 하지만 어디에 계신지도 모르니……."

현재 세상 어디에서도 여신 아리스티아의 기척은 느껴지지 않았다.

『또 하나, 너와의 격차를 줄일 방법이 있다.』

"네?"

『바로 네가 늙기를 기다리는 것이지. 나한테 있어 인간의 일생 따위 찰나의 순간에 불과하다. 이대로 계속 싸워서 너를 성장시키느니 늙어서 기력이 쇠하기를 기다렸다가 물어 죽이기로 했다. 나와 인간은 시간의 척도가 다르지. 그 점을 이용해 주마.』

"……! 너, 너무해."

솔직히 말해서 후페일베인의 이 전략은 굉장히 효과적이었다.

특히 잉그리스에게는.

역시나 신룡. 두뇌도 웬만한 괴물들보다 훨씬 뛰어났다. 교활하고도 현실적이었다.

결국 아무런 해결책도 떠올리지 못한 채 말문이 막혀버린 잉그리스.

"으윽……?! 끄악……! 아, 아파……!"

불현듯 잉그리스가 오른팔을 억누르며 자리에 엎드렸다.

『……?』

"파, 팔이……. 어, 어제의 전투에서 상당히 무리했던 모양이에요……. 아무래도 부러졌나 봐요. 이대로는 제대로 움직일 수가……! 지, 지금 싸우면 불리할지도 모르겠어요……!"

『………….』

"아아, 무서워라. 지금 공격을 당하면 위험하겠지. 잡아먹혀 버릴 거야……."

『웃기지도 않는군. 어설픈 연기는 그만둬라.』

"으아아아악, 팔이! 팔이이이!"

『그만두라고 했을 텐데! 시끄럽단 말이다!』

"으으……! 너무한 거 아닌가요! 그러면 전 누구랑 싸우란 건데요!"

잉그리스는 굉장히 원망스러운 표정으로 후페일베인을 노려보았다.

『알까 보냐! 넌 정말로 그 늙은 왕과 동일 인물인가……?! 입만 열면 싸우고 싶다느니, 먹고 싶다느니…… 완전히 짐승이 따로 없잖나! 그 늙은 왕이 차라리 깜찍해 보일 정도다……!』

"모처럼 다시 태어났으니 자신의 욕망을 따르며 자유롭게 살고 있을 뿐이에요! 정말로 팔이 부러지면 싸워주실 건가요? 싸워만 주신다면 스스로 부러트리겠어요……!"

『그런 바보 같은 짓을 해도 소용없다! 적당히 좀 해! 거듭 말하지만 난 더 이상 너와 싸울 생각이 없다. 무저항인 자를 일방적으로 죽이는 비겁한 짓이 하고 싶거든 그렇게 해라. 내 꼬리를 원한다면 주겠다. 마음대로 잘라 가라.』

신룡은 그렇게 말하며 잉그리스의 눈앞에 거대한 꼬리를 내려놓았다.

저항할 의사가 전혀 없어 보였다.

"…………."

이런 태도로 나오니 꼬리를 자르는 것조차 괜히 망설여졌다.

하지만 배도 고프거니와, 모처럼 만든 검의 성능도 시험해 보고 싶었다. 그렇게 꼬리만이라도 잘라 갈까 고민하고 있자니, 머리 위에서 라피니아의 목소리가 들려왔다.

"크리스! 왜 그래?! 오늘은 싸우지 않는 거야?"

평소와 달리 싸움이 시작되지 않자 고도를 낮추고 상황을 살피러 온 모양이었다.

"라니! 응, 문제가 좀 생겨서."

"크리스, 혹시 괜찮으면 가까이 다가가서 봐도 될까?"

"아, 응. 아마도 괜찮을 거야."

잉그리스가 대답하자 라피니아 일행은 천천히 지상으로 내려오기 시작했다.

그 사이 잉그리스는 후페일베인에게 단단히 못을 박아 두었다.

"저 흑발의 여자아이는 라피니아라고 해요. 만약 저 애한테 상처를 입힌다면 저항을 하든 안 하든 없애버릴 테니 명심하세요."

『……흥. 일단 기억은 해 두마.』

후페일베인은 가만히 누운 채로 짤막하게 대답했다.

태도는 냉담했지만, 후페일베인은 당장의 전투를 피하고 훗날의 역전을 노릴 만큼 계산적인 상대였다. 그러니 잘 알아들었을 것이다.

만약 경고를 어긴다면 굴욕을 참으면서까지 실행하려던 작전이 수포가 될 테니까.

"우와…… 이렇게 가까이서 보니까 박력이 대단하네."

"그러게. 두려울 정도야……. 몸이 제멋대로 떨리기 시작했어."

지상으로 내려온 것은 라피니아와 라티뿐이었다.

오늘은 잉그리스가 직접 꼬리를 자를 예정이었기에 레오네와 리제롯테는 야영지에 남아 작업을 계속하고 있었다. 여태껏 정육과 훈제 작업을 전담하던 두 사람이었지만 지금은 그 외에도 여러 가지 작업에 동원되고 있었다. 야영지를 마을로 재정비하기 위한 작업이 본격적으로 시작되었기 때문이다.

그래서 뒤처리를 도와줄 라피니아만 데려오기로 한 것이다.

라티의 경우 오늘 중으로 인근 마을에 배급을 나갈 예정이었으나, 준비가 끝나기 전까지 시간이 빈다면서 동행을 자처해 왔다. 그리하여 스타 프린세스호의 조종을 대신 맡아 주었다.

"그런가? 확실히 박력이 대단하기는 하지만 얌전히만 있으면 꽤 귀엽지 않아? 마석수랑은 분위기가 사뭇 다르네."

"용케도 그런 생각을 하네. 나는 다가가는 것만으로도 기분이 싸해지는데 말이야……."

"정말로 안색이 안 좋아 보이네. 괜찮겠어?"

"어어, 일단은. 그래도 웬만하면 빨리 끝내고 돌아가자……."

"알았어. 그런데 크리스, 어째서 용이 이렇게 얌전해진 거야?"

"그게……. 더 이상 나하고 싸우기 싫대. 꼬리를 원한다면 마음대로 잘라 가라더라."

"뭐……?! 정말로?!"

"응. 그래서 대화를 시도해 봤어."

"무슨 대화?"

"그러지 말고 나랑 싸우자고."

"아니, 무슨 소리래! 쓸데없는 부탁 좀 하지 마! 어쨌든 싸우지 않고 꼬리를 제공하겠다는 건 결국 곤란해하는 사람들을 돕는 걸 협력하겠다는 거잖아? 크리스가 설득해 준 덕분인 거지? 제법인데! 다시 봤어!"

"맞아, 그게 사실이라면 정말 다행이다! 적어도 이 녀석이 야영지나 마을을 습격할 일은 없다는 거잖아……!"

"어? 으음……."

성선설로 세상을 바라보는 라피니아는 후페일베인이 싸우지 않겠다고 말한 이유가 이쪽에 선의라고 생각하는 듯했다.

하긴 무리도 아니었다. 설마 이 거대한 신룡이 전투를 거절하는 이유가 더 이상 실력 차가 벌어지지 않도록 하기 위함이라고는 상상하기 어려울 테니까. 하물며 잉그리스가 늙어서 약해지기를 기다렸다가 역전할 심산이라고는 꿈에도 생각지 못할 것이다.

잉그리스도 당황했을 정도다. 신룡은 필요 이상으로 이성적인 존재였다.

잉그리스는 신룡이 좀 더 본능적이고 폭력적이길 바랐다.

아예 프리즘 플로를 맞게 해서 마석수처럼 본능적으로 인간을 습격하도록 하는 것도 괜찮아 보였다. 잉그리스의 모습을 보자마자 공격해 올 테니까. 적어도 잉그리스가 늙을 때까지 기다리겠다는 식의 괜한 소리를 하지는 않을 것이다.

하지만 그렇게 되면 맛있는 고기는 포기해야 할지도 몰랐다.

그건 또 곤란했다.

"그, 글쎄……. 내가 그런 말을 했던가……?"

『이쪽은 협력해 달라고 설득받은 기억이 추호도 없다만. 네가 멋대로 싸움을 걸고, 멋대로 제압한 뒤에, 멋대로 묶어서 꼬리를 잘라 갔을 뿐이다.』

"누가 들으면 오해하겠어요."

하지만 딱히 부정하기도 어려웠다.

일단, 후페일베인에게 부탁해 봤자 협력해 줄 가능성이 없어 보였기에 처음부터 교섭을 포기한 것은 사실이었다.

"어……? 바, 방금 무슨 목소리가 들렸어……!"

불현듯 라티가 외쳤다.

"목소리라니? 무슨 목소리?"

"설득받은 기억이 없다고……. 혹시 이거, 저 용의 목소리인가……?! 너는 아무것도 못 들었어?!"

라피니아가 묻자 라티가 되물었다.

"아무 소리도 못 들었는데?"

"어, 어째서 나한테만……? 잉그리스한테는 들리는 거지?"

"으, 응. 설마 라티한테도 들릴 줄이야……."

의외의 상황이기는 했지만, 짐작 가는 바는 있었다.

라티도 후페일베인의 고기를 먹어 드래곤 로어를 체득한 것이다.

정황상 이 후페일베인의 목소리는 드래곤 로어를 익힌 사람에게만 들리는 듯했다.

물론 후페일베인이 원한다면 보통 사람들에게도 자신의 목소리가 들리도록 조정할 수 있을 것이다. 하지만 이 경우라면 라피니아도 후페일베인의 목소리를 들었어야 했다.

라티가 잉그리스처럼 후페일베인의 힘을 실제로 구현해 낼 수 있을지는 아직 불명이었다. 다만 라티는 잉그리스나 라피니아와 달리 식사량이 일반인 수준이었다. 그런데 드래곤 로어의 편린을 보이는 것으로 봐서 상성이 상당히 좋은 편이라 짐작할 수 있었다. 어쩌면 무인자라는 점과 관계가 있을지도 몰랐다. 하나의 예만 가지고 확신할 수는 없는 노릇이지만.

"라티, 이 용이 뭐래?"

"그게……. 네가 멋대로 싸움을 걸고, 멋대로 제압한 뒤에, 멋대로 묶어서 꼬리를 잘라 갔을 뿐이라고 그러네……."

"……크리스으? 사실이야? 설마 착한 용을 데려다가 억지로 싸우게 만든 건 아니겠지……?"

"아냐, 아니래도! 저쪽도 나를 잡아먹으려 했는걸. 정당방위였어."

『사실이다. 이 녀석이 얌전히 지내려는 나를 억지로…….』

"음……?! '얌전히 지내려는 나를 억지로'라고 말했어!"

"크리스, 나한테 거짓말을 했구나! 그러면 못써……!"

잉그리스 귀를 꽈악 잡아당기는 라피니아.

"아야얏! 오해야……! 신룡이 거짓말을 한 거야……!"

"뭐어?!"

"실망입니다! 신룡씩이나 되는 존재가 그런 얄팍한 거짓말을……!"

『흥. 지금껏 나를 괴롭힌 답례다. 이 정도는 참고 넘어가라.』

"아뇨, 넘어갈 수 없습니다! 이 죗값은 저와 대련하는 것으로 치르도록 하죠!"

『몇 번을 말해야 알아듣지. 더 이상 너와는 싸우지 않는다.』

"으윽……! 이 고집불통!"

한편 옆에서는 라티가 라피니아에게 대화 내용을 통역하고 있었다.

"잉그리스의 말대로 저쪽이 거짓말을 했던 모양이야. 그리고 더는 싸우지 않겠대."

"그, 그렇구나. 하지만 크리스, 이번에는 그 정도로 해두는 게 어때? 어쨌든 꼬리는 내준다고 했다며. 감사히 받아서 돌아가면 되는 거잖아. 어쩌면 앞으로 사이좋게 지낼 수 있을지도 모르고……."

"신룡이 그렇게 싹싹한 성격은 아니라고 보는데……."

『웃기는 소리를 하는 소녀로군. 평소 같았으면 진작에 잡아먹었을 거다.』

"……제 경고를 잊지 마시길. 라티, 지금 그건 통역하지 마."

"아, 알았어."

『흥…….』

어쨌든 오늘은 라피니아의 말대로 체념하고 꼬리만 잘라서 돌아가는 수밖에 없을 듯했다.

"그러면 말씀하신 대로 꼬리를…….."

잉그리스가 운을 뗀 바로 그때였다. 불현듯 누군가가 일행이 있는 곳에 모습을 드러냈다.

등에 낯익은 새하얀 날개가 돋아난 인물이었다.

"잠깐만요! 라티 씨, 큰일이에요! 지금 바로 야영지로 돌아와 주세요!"

리제롯테였다. 상당히 필사적으로 날아왔는지 호흡이 거칠었다. 꽤나 심각한 상황이 벌어진 듯했다.

"어어……?! 무슨 일인데?!"

"이쪽으로 넘어오신 주민분들께서 소란을……! 루인 씨가 조용히 설득하려 했지만, 다들 화가 단단히 나신 모양이에요. 아무래도 라티 씨가 직접 그분들과 대화를 나누는 게 제일이겠다 싶어서……!"

"뭐?! 아, 알았어. 곧바로 돌아갈게! 그런데 주민들이 왜……?!"

"말씀드리기 조심스럽지만, 프람 씨가 원인인 것 같아요…….. 어째서 하림 씨의 동생이 이곳에 있냐면서 주민분들이 불만을 제기하셨어요……!"

"……! 프람을 마을에서 추방해라 이건가……?!"

"추, 추방으로 끝난다면 차라리 다행일지도……."

리제롯테가 말을 맺지 못하고 망설였다. 그녀의 태도를 통해서 주민들이 어떤 요구를 했는지 짐작이 갔다.

"프람을 붙잡아서 처형하라고 한 거지?"

"……! 마, 맞아요……. 잉그리스의 말대로예요."

리제롯테가 괴로운 표정으로 고개를 끄덕였다.

완전히 허무맹랑한 이야기는 아니었다.

최근 야영지는 단순히 잉그리스 일행과 살아남은 기사들의 활동 거점이라고 할 수만은 없는 장소가 되어 있었다. 주변 지역에서 사람들이 하나둘씩 모여들면서 새로운 릭클레어로 탈바꿈하는 과정을 밟아 나가기 시작한 것이다.

이곳에 모인 사람들은 저마다 하나씩 사연을 가지고 있었다. 릭클레어의 생존자들도 있는가 하면, 다른 마을에 살다가 티파니에에게 전 재산을 몰수당해 터전을 잃어버린 자들도 있을 것이다.

다만 한 가지 공통점이 있다면 그들은 티파니에의, 나아가 오른팔인 하림의 만행을 직접 목격했다는 점이다.

티파니에는 그나마 하이랜드에서 찾아온 하이랄 메나스였지만, 하림은 원래부터 이 나라에 거주하던 유력 귀족 가문 출신이었다.

하림이 저지른 짓은 사실상 나라에 대한 반란이자 반역 행위였고, 이 경우 일족 전체에게 죄를 묻는 것도 결코 이상한 일이 아니었다. 직접 피해를 받은 사람들 사이에서 프람을 처형하자는 의견이 오가는 것도 따지고 보면 당연했다.

이곳에 많은 사람이 모이고 있다는 것은 라티의 명성이 높아지고 있다는 증거였다.

하지만 그만큼 많은 사람이 프람과 얼굴을 마주하게 된다는 뜻이기도 했다. 프람은 주민들의 감정을 고려해 되도록 전면에 나서지 않으려 했지만, 더는 그럴 수도 없게 되었다.

"제길……! 왜 갑자기!"

"너무해……! 반드시 멈춰야 해!"

"언젠가는 마주해야 했을 상황이야, 라티. 냉정해져."

"그, 그래……! 알고 있어."

"보고드릴 내용은 아직 더 있어요. 실은 그 주민들을 선도하고 있는 사람이 바로 이안이에요."

"뭐……?! 이안?!"

"이안이……?!"

"……! 무슨 속셈이지?"

릭클레어로 향하던 프람을 납치해 하림에게 데려갔던 이안이 지금 와서 소동을 일으킨 이유. 현재로서는 잉그리스도 짐작이 가지 않았다.

"어쨌든 서둘러야 해요! 얼른 야영지로 돌아가죠!"

리제롯테의 말대로였다.

잉그리스 일행은 다시금 후페일베인을 구속해 놓은 뒤 황급히 야영지로 이동했다.

야영지 중심부.

처음에는 단순히 눈보라를 피하기 위한 장소에 불과했다. 숲속 공터에 플라이 기어 포트를 착륙시켜 놓고, 그 주변에 텐트를 쳐 놓은 것이 전부였다. 하지만 지금은 모습이 많이 달라져 있었다. 이곳에 체재하는 사람들이 숙박을 해결할 수 있도록 커다란 임시 건축물이 줄줄이 늘어서 있었다.

라티 왕자의 평판을 듣고 찾아오는 사람들의 숫자가 나날이 늘어나고 있다는 점을 감안하면 이마저도 한참 부족했다.

그렇다고 아무런 계획도 없는 것은 아니었다. 상당수의 인원을 수용할 수 있는 성을 축조하기 위해서 일찌감치 기초 공사에 접어든 상태였다.

뒤집어 말하면 그만한 대규모 공사가 가능한 인원이 이곳에 모여있다는 뜻이기도 했다.

백 명은 이미 확실하게 넘었으며, 어쩌면 수백 명에 달할지도 몰랐다.

그리고 그들을 먹여 살리기 위한 식량도 후페일베인 덕분에 충분히 확보된 상태였다. 못해도 몇 개월, 넉넉히 잡으면 일 년은 버틸 양이었다.

적어도 당장 굶주림을 면하기에는 충분했다. 이 식량으로 급한 불을 끄는 사이에 티파니에게 타격을 받았던 주변 지역의 식량

사정도 조금씩 회복되어 나갈 것이다.

한편, 소란이 벌어지고 있는 장소는 숲에서 벌목한 나무로 지어진 한 건물이었다.

잉그리스 일행이 묵고 있는 집이기도 했다.

다수의 사람이 집 주변을 에워싸고 분노에 찬 고함을 터트리고 있었다.

그 앞쪽에서는 라티의 부하 기사들이 사람들을 가로막고 서서 안에 있는 인물을 보호하고 있었다.

보호를 받는 인물은 물론 프람이었다.

모여있는 사람들이 프람을 적대시하고 있기 때문이었다. 극악한 범죄를 저지르고, 자신들의 터전을 파괴한 하림의 가족을 용납할 수 없다는 것이었다.

프람의 옆에는 레오네도 함께 있었다.

"정말로 죄송합니다. 죄송합니다……! 죄송합니다!"

프람은 울먹이면서 주민들을 향해 고개를 숙이길 반복했다. 하지만 이것만으로는 소동이 잦아들 것 같지 않았다.

"입으로는 무슨 말인들 못 하겠어!"

"우리들의 삶을 송두리째 파괴한 하림의 동생이라고! 그런데 잠자코 넘어가라니……!"

"맞아! 책임을 지란 말이다!"

분노와 슬픔으로 점철된 사람들의 목소리, 그리고 눈빛.

레오네는 프람을 감싸듯 앞으로 나섰다. 자신이 방패가 된다고 주민들의 울분이 가라앉지는 않을 테지만, 조금이라도 보탬이 되고 싶었다.

레오네는 지금의 프람에게서 수년 전 자신의 모습을 보았다. 비슷한 일을 겪었기에 더더욱 프람의 힘이 되어주고 싶었다.

"프람……! 이대로는 위험해. 일단 안으로 들어가자!"

"아뇨, 저는 이분들한테서 도망치면 안 된다고 생각해요……! 오라버니가 저지른 죄잖아요. 저라도 사과드려야 해요!"

"하지만, 프람. 이대로 가다간……!"

몰려든 군중들이 폭도로 변할지도 몰랐다.

그렇게 되면 충돌을 피할 수 없을 것이다.

릭클레어를 부흥시켜 명성을 드높여야 할 라티의 평판이 곤두박질치는 것은 물론이고, 무엇보다도 집과 가족을 잃고 괴로워하는 눈앞의 사람들을 자신들의 손으로 상처 입혀야 할 수도 있었다.

그런 안타까운 짓을 저지르고 싶지는 않았다. 레오네는 그들이 어떤 일을 겪었는지 릭클레어로 오면서 충분히 지켜보았다.

"다들 진정해라……! 확실히 프람 님은 하림의 여동생이지만, 녀석들의 만행에는 일절 가담하지 않았다! 가담은커녕 릭클레어를 되찾기 위해 싸우고, 우리들의 목숨을 구해주시기까지 했지……! 프람 님께 하림의 죄를 묻는 것이 정말로 올바른 일인가……?! 다시 한번 생각해 보길 바란다!"

기사들을 이끄는 루인도 사람들을 설득했다. 하지만 누군가가 적극적으로 반박하고 나섰다.

"아뇨! 여러분의 요구는 절대 잘못되지 않았습니다……! 국가에 반기를 든 자가 나타나면 일족 전체에게 책임을 묻는 것이 당연한 겁니다……! 하림이 범한 죄는 그 정도로 무겁습니다! 여러분의 마음을 지배하는 분노와 슬픔…… 이 비극을 두 번 다시 반복하지 않기 위해서라도 단호하게 처형할 필요가 있습니다! 제2, 제3의 하림이 탄생하도록 놔두실 건가요! 미래를 생각한다면 저소녀를 용서해선 안 됩니다……! 이건 분노에 몸을 맡긴 행동이 아닙니다……! 미래를 위해 필요한 조치입니다!"

그 목소리의 주인공은 곱상한 외모를 지닌 작은 체구의 소년, 이안이었다.

"이안……! 어째서 그런 말을 하는 거야?! 너는 프람의 소꿉친구잖아?! 이런 때일수록 나서서 도와주는 게 진정한 친구의 역할 아냐?!"

"저는 그렇게 생각하지 않습니다! 죄는 죄……! 누군가는 벌을 받아야만 합니다……! 범죄자를 감싸는 것이 진정한 친구라면 저는 진정한 친구가 되지 않아도 상관없습니다! 당신들이야말로 하림과 모종의 연관이 있어서 그의 가족을 감싸는 것 아닌가요……!"

"뭐?! 무슨 소리를 하는 거야, 너! 우리랑 함께 행동했으면 그럴 리가 없다는 사실 정도는 알고 있을 거 아냐!"

레오네는 울컥한 나머지 등에 매달고 있던 검은색의 대검으로 손을 뻗었다.

그것을 본 프람은 당황하며 레오네에게 매달렸다.

"레오네……! 부탁이니 멈춰 주세요!"

"마음은 이해한다……! 하지만 냉정하게 처신해야 해! 여기서 주민들에게 손을 댔다가는 라티 왕자님의 평판에 흠집이 갈 거다! 릭클레어 부흥에 차질이 생길 수가 있어……! 일단은 참아라……!"

"아, 알겠어요……! 죄송합니다."

레오네가 대검의 손잡이에서 손을 떼려고 한 그때.

"어설프군요! 어째서 이쪽에서는 손을 대지 않는다고 생각하시나요……?!"

철컹!

이안의 양팔에서 날카로운 칼날이 솟아났다.

이안의 몸은 하이랜드의 기술로 기계화되어 있었다. 새삼 놀랄 것도 없었다.

칼날을 뽑은 이안은 군중들을 가로막고 서 있는 기사들의 중앙으로 돌진했다. 루인을 표적으로 삼은 것이다.

"자, 거기서 비켜 주시죠!"

"크윽?!"

"그만둬! 이안!"

채애앵!

레오네의 대검이 늘어나 루인과 이안의 사이를 가로막았다.

결국 이안의 칼날은 루인을 베지 못하고 대검과 충돌했다.

아슬아슬했지만 루인을 지켜내는 데 성공했다.

한편 모여있던 군중들은 이안이 기사를 공격하는 모습을 목격하고 비명을 내질렀다.

"미, 미안하다, 레오네 양……!"

"늦지 않아서 다행이에요. 위험하니 물러나 주세요!"

레오네는 대검을 원래 크기로 되돌리며 앞으로 걸어 나와 이안과 대치했다.

"여러분도 멀리 떨어져 주세요! 위험합니다!"

레오네가 외쳤다. 그러자 이안의 행동에 겁을 집어먹은 군중은 레오네의 말을 따라 멀찍이 물러났다.

하지만 개중에는 용감한 사람도 있었는지 한 청년이 자리에 남아서 이안에게 따지고 들었다.

"이봐, 당신! 다짜고짜 기사들을 공격할 필요는 없었잖아……?! 아직은 대화로 풀어나갈 때라고!"

"흥……."

냉혹한 얼굴로 콧방귀를 뀌는 이안.

이안의 팔에 달린 칼날이 길게 자라났다. 이안에게 큰소리를 친 청년에게 충분히 닿을 만한 길이였다.

"말이 많군요. 조용히 하세요."

이안은 오른팔을 휘둘러 청년의 몸을 베어 버리려 했다.

이안이 왼팔로 레오네의 대검을 견제하고 있었기에 레오네는 곧바로 반응할 수가 없었다. 청년을 구하기에는 시간이 부족했다.

"으…… 으아아악!"

"위험해! 도망치세요!"

프람이 소리쳤다.

어느새 이안의 눈앞으로 뛰어든 프람이 몸을 던져 청년을 감쌌다.

이안의 칼날은 그대로 프람의 등을 베어버렸고, 프람은 청년을 대신해 자리에 쓰러지고 말았다.

프람의 등이 빨갛게 물들어 나갔다.

"프람 님?!"

"프람! 무슨 짓이야, 이안……! 자기가 지금 무슨 짓을 저질렀는지 알고 있어?!"

레오네는 대검의 옆면으로 이안의 복부를 강하게 타격했다. 온 힘을 실은 공격이었다.

"크으윽……?!"

이안의 몸이 멀찍이 날아가 버렸다.

레오네는 거리가 벌어진 틈을 타서 프람의 곁으로 달려갔다.

"프람! 괜찮아?!"

"미, 미안해! 나, 나를 지키려다……!"

낭패한 모습을 보이는 청년에게 프람은 가냘픈 미소를 지어 보였다.

"……다친 데는 없으신가요? 제 걱정은 마시고…… 여기서 물러나 주세요."

"아, 알았어……! 정말로 미안해……! 나 때문에!"

"프람 님! 무모한 짓을! 상처가 깊다. 위험할지도 모르겠어⋯⋯!"

"루인 씨! 곧바로 지혈을 부탁드려요! 이제 곧 라피니아가 돌아올 테니 그때까지만 버티면 돼요!"

리제롯테가 상황을 수습하기 위해 라티를 부르러 간 상태였다. 잉그리스와 라피니아도 함께 돌아올 터였다.

프람의 상처는 깊었지만, 라피니아의 치유 능력이라면 목숨을 건질 수 있을 것이다.

"알겠다. 내게 맡겨라! 레오네 양은 그 녀석을⋯⋯!"

"네, 이안은 제가 막겠⋯⋯ 아니, 쓰러트리겠어요!"

레오네는 대검을 움켜쥔 두 손에 힘을 주었다. 그리고 날아가 버린 이안을 향해 자세를 잡았다.

상반신을 일으킨 이안은 어째선지 자리에서 일어서지 않고 두 손으로 머리를 부여잡기 시작했다. 몹시 괴로워하는 듯 보였다.

"그, 그렇게 해 주세요, 레오네 씨⋯⋯! 전 싫습니다, 프람을 다치게 하다니⋯⋯! 으, 으으윽⋯⋯!"

"이안?!"

"어, 얼른 제 목숨을 끊어주세요. 그렇지 않으면, 또⋯⋯! 이, 이벨 님의 실험은, 그분의 의식을 타인에게 이식해서 조종하기 위한 것⋯⋯. 그래서 전⋯⋯."

"이벨⋯⋯?!"

레오네는 이벨과 직접적인 면식이 없었지만, 그 이름은 여러 차례 들어보았다.

혈철쇄 여단의 흑가면에 의해 사망한 하이랜드군의 대간부였다. 알카드에서 행해진 하이랜드 측 음모의 중추에 있던 자이기도 했다.

하이랄 메나스인 티파니에조차 이벨의 대리에 지나지 않았다.

"대, 대체 무슨 소리야?! 네가 중간에 프람을 납치하고 모습을 감췄던 것도 이벨이 저지른 짓이란 거야……?!"

"제 안에서 눈을 뜬 이벨 님의 의식이…… 당신들을 릭클레어로 향하게 만들기 위해 프람을 납치한 겁니다……! 이미 준비는 전부 갖춰졌어요……!"

"준비……?! 대체 뭘 하려는 건데?!"

"그, 그건……. 으, 으아아아악!"

"이안!"

이안의 움직임이 뚝 멈추었다.

고통이 사라진 것일까. 이안은 태연한 얼굴로 몸을 일으켰다.

"글쎄요? 스스로 생각해 보시죠!"

이안이 레오네를 향해 손바닥을 내밀며 외쳤다. 그러자 손바닥에 튀어나온 총구에서 빛나는 광탄이 발사되었다. 심지어 한두발이 아니었다. 연사였다.

"큭……!"

이안은 또다시 의식을 빼앗겨 버린 것일까.

어찌 됐든 반격해야 했다.

피하면 뒤쪽의 프람과 루인이 공격에 노출되고 만다.

"이야아아아아압!"

레오네의 대검이 날아오는 광탄을 하나둘씩 터트려 나갔다.

광탄이 대검에 닿아 폭발할 때마다 팔에 묵직한 충격이 전해져 왔지만, 그렇다고 버티지 못할 정도는 아니었다.

이대로 버티면서 반격의 기회를 엿보면 될 것이다.

하지만 그렇게 생각하기도 잠시.

"이건 어떨까요!"

이안이 반대쪽 손바닥을 내밀었다.

이번에도 마찬가지로 총구가 보였다.

투두두두두두두두!

단숨에 두 배로 늘어난 광탄이 탄막을 형성하며 레오네를 엄습했다.

"……!"

레오네는 검의 속도를 끌어올렸지만 결국 조금씩 밀리기 시작했다.

이대로는 다 막기 어려워 보였다. 한 번 자세가 무너지면 다시 복구할 수 없을 것이다.

단숨에 밀려나서 뒤쪽의 두 사람이 치명상을 입을 게 분명했다.

그렇게 놔둘 수는 없었다.

"검이여!"

레오네는 앞쪽의 바닥에 대검을 꽂아 넣고 거대화시켰다.

대검의 면적이 레오네의 몸을 완전히 가릴 정도로 늘어났다.

자신과 뒤쪽의 두 사람을 지킬 방패로 삼은 것이다.

방어에 치중한 마인무구의 활용법이었다.

광탄이 쉴 새 없이 도신을 두들겼지만, 레오네는 자세를 낮추고 꿋꿋하게 견뎌냈다. 아직 버티지 못할 정도는 아니었다.

이대로 버티기만 해도 라피니아 일행이 돌아올 시간을 벌 수 있었다.

따라서 이 교착 상태는 결코 나쁜 상황이 아니었다.

하지만 상대방도 레오네의 의도를 알아챈 모양이었다.

"방어에 전념하면서 시간을 벌 생각인가요? 헛된 짓이라는 걸 가르쳐 드리죠!"

그 목소리는 상당히 가까운 위치에서 들려왔다.

이안이 공격을 멈추고 사각에서 단숨에 접근해 왔던 것이다.

대검을 거대화시켜 방패로 삼은 대가로 레오네의 시야는 매우 좁아져 있었다. 그래서 다가오는 이안의 모습을 확인하지 못했다.

"이런! 그래도 접근전이라면 지지 않아!"

"완전히 잘못 짚으셨네요!"

이안이 승리를 확신한 듯이 외쳤다. 그 순간, 레오네의 눈앞에 펼쳐진 광경이 바뀌었다.

눈으로 뒤덮인 마을에서 아무것도 없는 새까만 공간으로.

"……이공간?!"

레오네의 마인무구에도 이공간을 만들어내는 능력이 있었다. 그래서 익숙했다. 곧바로 상황을 파악할 수 있었다.

하지만 레오네가 평소에 만들어내던 이공간과는 다른 점이 하나 존재했다.

주변에 반짝이는 황록색의 입자가 떠다니고 있었다.

"아⋯⋯?!"

본 적이 있었다. 본 적이 있었기에 등줄기가 서늘해지는 것을 느꼈다.

선대 특사인 뮨테 습격 사건 당시, 레오네도 이곳을 경험해 본 적이 있었다.

이 이공간은 마인무구의 기능을 정지시키는 효과를 지니고 있었다.

레오네의 대검이 아무런 특징이 없는 평범한 대검으로 전락해 버리고 마는 것이다.

"이, 이건 대체⋯⋯?!"

심지어 프람과 응급 처치 중이던 루인까지 이공간에 말려들고 말았다.

이래서는 라피니아가 돌아오더라도 프람을 발견하지 못해 치료할 수 없을 것이다.

"하이랜더의 힘이에요⋯⋯! 이 안에 있으면 마인무구의 힘이 봉인돼 버려요!"

"뭐, 뭐라고⋯⋯?! 괘, 괜찮은 건가?!"

"저도 모르겠어요!"

좋지 않았다. 굉장히 위험한 상황이었다.

마인무구의 힘에 의지하지 않고 이안을 쓰러트려야만 하는 상황에 직면하고 말았다. 그렇지 않으면 프람과 루인이 위험에 빠지고 만다.

이안이 이공간을 펼칠 줄 알았더라면 수비적으로 나서는 대신 혼신의 일격으로 끝장을 봤을 것이다. 하지만 지금 후회해 봤자 늦었다.

"하지만 이 정도로 포기하진 않겠어……!"

레오네는 대검을 거머쥐고 이안과 대치했다.

마인무구가 무효화된 만큼 그녀의 무기는 평소보다 무겁게 느껴졌다.

하지만 휘두르지 못할 정도는 아니었다. 그렇다면 휘두를 뿐이다.

상대가 마석수라면 물리적인 공격은 일절 통하지 않았겠지만, 이안은 마석수가 아니었다.

여기서 레오네가 포기해 버린다면 자기 자신뿐만 아니라 프람과 루인의 운명까지 끝난다.

그렇게 만들 수는 없었다. 그리고 레오네에게도 이런 곳에서 쓰러질 수 없는 이유가 있었다.

나라를 배신한 오라버니 레온을 자신의 손으로 붙잡아 오르파 가문의 오명을 씻어야 했다. 그러기 위해 혹독한 훈련을 쌓아왔다. 목표를 이루지도 못한 지금 쓰러질 수는 없었다.

그리고 잉그리스가 있었다. 어떻게든 버티다 보면 이 이공간의 존재를 눈치채고 도와주러 와줄지도 몰랐다. 믿고 싸우는 수밖에 없었다.

"이야아아앗!"

레오네가 대검을 휘둘러 공격하자 이안이 뒤로 도약해 회피했다.

평소 같았으면 곧바로 칼날을 늘려 적을 추격했겠지만, 지금은 불가능했다. 공격을 계속하려면 자신의 다리로 직접 거리를 좁혀야 했다.

그래서 레오네는 앞으로 달려나갔다. 이안도 그녀의 콧대를 꺾기 위해 행동을 개시했다.

"볼썽사납군요. 이 봉마의 우리 안에서 당신은 무력한 존재일 뿐입니다……! 자, 방금과 똑같은 공격입니다! 과연 받아낼 수 있을까요?!"

이안은 오른손을 내밀어 손바닥에서 광탄을 연사했다.

"크윽!"

레오네도 방금처럼 검을 휘둘러 공격을 받아내……지 않았다.

레오네는 민첩하게 몸을 움직여 광탄의 궤도에서 벗어났다. 회피한 뒤의 빈틈이 적도록 최대한 아슬아슬한 타이밍에.

지금은 레오네의 뒤쪽에 프람과 루인이 없었기 때문에 회피해도 문제가 없었다. 싸우는 과정에서 위치가 조금씩 바뀌었던 것이다. 방금처럼 정면으로 받아냈다면 마인무구의 힘을 잃은 이쪽이 불리할 수밖에 없었다.

이윽고 새로운 광탄이 날아왔지만, 레오네는 이번에도 좌우로 움직여 회피했다. 빗나간 광탄이 프람에게 향하지 않도록 주의를 기울이면서 멈추지 않고 계속 움직여 나갔다.

"과연. 겉모습과는 달리 제법 냉정하시군요……!"

레오네는 훈련 도중에 잉그리스에게 들었던 이야기를 떠올렸다. 두 사람 모두 노력파다 보니 종종 함께 훈련하고는 했다.

잉그리스는 레오네가 냉정함을 잃지 않고 시야를 넓게 가질 필요가 있다고 말했다. 언제나 최선의 수를 떠올리고 이를 실행해야 한다고.

잉그리스의 말에 따르면 레오네는 자신이 불리해졌을 때 지지 않으려고 필요 이상으로 오기를 부리는 성향이 있다는 모양이다.

인내력이 강한 것은 좋지만, 그것이 도리어 시야를 좁게 만들 수도 있다고 한다.

잉그리스 정도 되는 달인의 조언이니 틀린 말은 아닐 것이다.

방금만 해도 그랬다. 처음에는 이를 악물고 광탄을 쳐내고 싶은 충동에 휩싸였다.

잉그리스의 말이 뇌리를 스치고 지나갔기 때문에 생각을 고쳐먹고 회피하기를 선택한 것이다.

이후로도 끊임없이 내달려 광탄을 회피해 나가는 레오네. 이안은 쯧, 하고 혀를 찼다.

"그렇게 도망 다니면서 구조를 기다릴 생각인가요……. 하지만!"

레오네의 움직임을 쫓던 이안의 손바닥이 뚝 멈추었다.

그리고 이번에는 움직이지 못하는 프람과 루인을 겨누었다.

"……!"

"……이러면 어떨까요?"

"그만둬! 비겁하게! 네 상대는 나잖아?!"

"네, 맞아요. 그러니 저쪽으로 강한 일격을 날리면 마음씨가 고운 당신은 두 사람을 차마 못 본 척하지 못하고 몸을 던져서 막으려고 하겠죠. 결과적으로 공격을 받는 건 당신이에요. 저는 제일 빠르고 효율적인 방법을 택했을 뿐입니다. 이건 비겁한 게 아니라 임기응변에 따른 최선책이에요."

"크윽……!"

그렇다면 이쪽의 최선책은 무엇일까.

하지만 미처 떠올리기도 전에 이안이 행동에 나섰다.

쿠구구구구구……!

발사구에서 심상치 않은 진동음이 들리는가 싶더니, 방금보다 몇 배는 커다란 광탄이 생성되었다.

힘을 모아서 위력을 높이는 방식으로도 활용이 가능한 모양이었다.

"자, 이대로 가다가는 프람이 크게 다칠 거예요. 꼭 구해주셔야 합니다?"

이안은 미소를 지으며 몇 배로 거대해진 광탄을 프람에게 쏘아 날렸다.

동시에 레오네는 질주하기 시작했다. 광탄에서 두 사람을 지키기 위해.

"루인 씨! 당신만이라도 피하세요!"

레오네는 그렇게 말하며 대검을 치켜들었다.

어째서인지 대검이 별로 무겁게 느껴지지 않았다. 분명 한시를 다투는 긴급한 상황이기 때문일 것이다.

지금 상황에서 어떻게 행동하는 것이 정답인지는 레오네도 몰랐다. 하지만 자신이 무엇을 해야 할지는 알고 있었다.

힘을 봉인당한 이 대검으로는 광탄을 자르지도, 튕겨내지도 못할 것이다.

그러나 프람을 죽도록 내버려 둘 수는 없었다.

"이야아아아아압!"

온 힘을 담아서 광탄을 향해 검을 내려치는 레오네.

그 결과…….

퍼버어어어엉!

광탄은 별다른 저항감도 없이 둘로 갈라져 소멸해 버렸다.

"어? 뭐, 뭐지……?!"

레오네의 입에서 얼빠진 목소리가 흘러나왔다.

눈앞의 상황에 가장 놀란 것은 레오네 본인이었다.

마인무구의 힘은 봉인당했고, 광탄의 위력은 오히려 상승해 있었다.

따라서 광탄에 당하면 당했지 간단히 벤다는 것은 말이 되지 않았다.

레오네는 검이 튕겨 나가는 상황까지 각오하고 있었다.

아무리 생각해도 이상했다. 불가능한 상황이었다.

"이럴 수가?!"

이안도 눈을 동그랗게 뜨고 있었다.

하지만 레오네의 놀라움은 여기서 끝이 아니었다.

레오네가 온 힘을 담아서 휘두른 대검은 이공간에 희고 반투명한 궤적을 남겼고, 그것이 뭉게뭉게 부풀어 올라 거대한 용의 머리로 변했다.

"이, 이건 분명……! 환영룡……?!"

레오네가 대검을 내려치자 환영룡이 나타났다.

머리가 도저히 따라가질 못했지만, 눈앞의 현상을 표현할 방법은 그것밖에 없었다. 물론 그 이유는 레오네도 알지 못했다.

게다가 레오네의 무기에도 이변이 나타났다. 대검의 끝부분이 용의 머리를 닮은 복잡한 형태로 변화한 것이다.

레오네가 광탄을 베어내고, 환영룡까지 만들어낸 것은 대검의 형태가 변화했기 때문일까? 어찌 되었든 레오네가 만들어낸 환영룡은 후페일베인에게 접근하려 했을 때 보았던 환영룡들과 완전히 같았다. 즉, 적에게 이를 드러내고 으르렁대기 시작한 것이다.

그오오오오오오!

이윽고 맹렬하게 돌진한 환영룡은 이안의 손바닥과 오른쪽 몸뚱이를 통째로 물어뜯어 버렸다. 그리고 만족했는지 흐릿하게 변해 소멸했다.

"뭐……?! 이게 무슨……! 대체 뭐야?!"

몸의 절반을 물어뜯긴 이안은 제대로 서 있지 못하고 쓰러져 버렸다.

신체 대부분이 기계로 이루어져 있으니 치명상은 아니겠지만, 이 정도의 손상이라면 움직이진 못할 것이다.

"해, 해냈군……! 마인무구의 봉인이 불완전했던 건가!"

"아, 아니에요……! 마인무구의 힘은 여전히 봉인된 상태예요! 뭔가 다른 힘이 작용한 것 같아요……!"

레오네가 대답하는 사이, 주변의 풍경이 기존의 눈 덮인 마을로 되돌아왔다. 방금의 일격으로 이안의 동력원을 파괴하는 데 성공한 모양이었다.

""레오네!""

머리 위쪽에서 레오네의 이름을 부르는 목소리가 들려왔다. 마침 잉그리스 일행이 돌아온 것이다.

잉그리스, 라피니아, 라티는 스타 프린세스호에 탑승해 있었고, 리제롯테는 새하얀 날개로 비행 중이었다.

"얘들아……. 다행이다! 라피니아! 프람이 크게 다쳤어! 얼른 치료를 부탁해!"

"뭐……?! 프람이?!"

"무, 무슨 일이 있었던 거야?!"

"라티 왕자님! 프람 님은 주민을 감싸다가 저자의 무기에 베이셨습니다……!"

"이안이……?! 어, 어째서……?! 어째서 이안이!"

라티가 몸의 절반을 잃은 채 쓰러져 있는 이안을 바라보며 말했다. 몹시 놀란 모양이었다.

"자세한 건 나중에! 우선은 서둘러 프람 님을 치료해야 합니다! 이대로는 목숨이 위험할 수도 있어요!"

"아, 알았어! 나한테 맡겨! 자, 라티도!"

"그래……!"

라피니아와 라티는 황급히 스타 프린세스호에서 뛰어내려 프람의 곁으로 다가갔다.

잉그리스와 리제롯테, 레오네도 한자리에 모였다.

"아, 라티……. 죄송해요, 민폐를 끼쳐서……. 이러니까 늘 둔해빠졌다는 소리나 듣는 거군요, 전……."

라티를 본 프람은 창백한 얼굴로 애써 씩씩한 미소를 지어 보였다.

"바보야, 그런 소리를 할 때냐! 미, 미안해……. 내가 제대로만 했다면……! 내가 똑바로 했다면 이런 일은……!"

라티가 떨리는 목소리로 말했다. 그러자 라피니아가 그의 등을 찰싹! 때렸다.

"정신 똑바로 차려! 걱정 마. 내가 반드시 치료해 낼 테니까! 자, 그보다 프람의 손을 잡아주도록 해! 안심하면 회복 효과도 좋아질 거야!"

"아, 알겠어. 프람을 부탁해……!"

"응!"

프람을 치료하는 라피니아의 모습을 보면서 잉그리스는 생각했다.

어느덧 치료 능력에 상당히 익숙해진 모양인지 빛이 모이는 속도도, 빛의 세기도 처음에 비해 크게 상승해 있었다.

얼마 전에는 두 가지의 기프트를 연계한 치유의 화살을 선보였을 정도다. 그만큼 라피니아의 성장은 눈부셨다.

분명 프람도 무사히 살려낼 것이다.

프람의 치료는 라피니아에게 맡겨도 괜찮겠다고 판단한 잉그리스는 레오네와 쓰러져 있는 이안에게 주의를 기울였다.

"레오네는 괜찮아?"

"상처는 없나요?"

잉그리스와 리제롯데가 묻자 레오네는 고개를 끄덕였다.

"응, 멀쩡해. 하이랜더의 봉마의 우리로 끌려 들어갔을 때는 당황했지만."

"……! 용케도 무사했구나."

"마인무구의 힘을 봉인하는 이공간을 말하는 거죠? 잉그리스의 말대로 정말 용케 무사하셨네요."

"나도 잘은 모르겠는데…… 갑자기 무기가 이상해졌어. 공격력도 평소보다 훨씬 강해지고, 형태도 바뀌고…….."

레오네가 대검의 끝부분을 손가락으로 가리키며 말했다. 그녀의 말대로 검 끝이 용의 머리를 본뜬 복잡한 형태로 변형되어 있었다.

"흠……. 이건……?"

"심지어는 대검을 힘껏 휘둘렀더니 환영룡이 튀어나왔어."

"네에에에?! 화, 환영룡이 튀어나왔다고요?!"

"분명 후페일베인의 드래곤 로어가 레오네의 검에 깃든 걸 거야. 그 영향으로 형태가 바뀐 거고. 드래곤 로어는 마인무구의 마나와는 별개의 힘이거든. 그래서 봉마의 우리 안에서도 효과를 잃지 않았던 거야."

"용의 힘…… 드래곤 로어? 어째서 그런 힘이 내 무기에?"

"며칠 동안 고기를 썰었잖아? 용을 잔뜩 베어버린 검이라서 그렇겠지."

레오네는 이 대검을 사용해 매일 몇 시간씩 후페일베인의 고기를 자르는 작업을 수행해 왔다.

지루한 중노동이지만 주변 마을에 고기를 나눠주기 위해서는 필요한 일이었다. 그리고 성실한 레오네는 땀을 뻘뻘 흘리면서도 불평 한마디 하지 않고 이 일을 계속해 왔다.

고생한 레오네에게 내려진 포상이라고 할 수 있지 않을까.

"그게 그렇게 되는 거야?"

"아무래도 그런가 봐. 나도 실제로 보는 건 처음이지만."

잉그리스의 경우에는 육체에 드래곤 로어가 깃들었고, 아마도 라티 또한 마찬가지일 것이다. 반면 레오네의 경우에는 본인이 아닌 마인무구에 드래곤 로어가 깃들었다.

신의 힘이 사람에게 깃들면 디바인 나이트가 되고, 검에 깃들면 성검이 된다. 그리고 신을 벤 검은 마검이라 불린다.

용도 마찬가지인 것을 보면, 역시 용은 신에 가까운 존재일지도 몰랐다.

"……덕분에 목숨을 건졌으니 불만은 없어. 고맙게 여겨야겠지."

"그럼, 그럼. 강해진다는 건 좋은 거니까. 나중에 같이 훈련할 때 보여주기다? 체험해 보고 싶거든. 알았지? 알았지?"

"아, 알았어……. 아하하, 너무 그렇게 눈을 반짝이진 말아줘."

"그, 그건 그렇고…… 이안 씨는 어째서 이런 일을 벌인 걸까요?"

리제롯테가 당연한 의문을 제기했다.

"깜빡했다……! 이안은 아마도 조종당하고 있어. 나도 정확한 건 모르지만, 중간에 괴로워하면서 이벨의 의식이 눈을 떴다고 그랬어……! 릭클레어로 향하던 도중에 프람을 납치한 것도 그래서래. 무언가 준비가 갖춰졌다고도 말했어……! 자세한 내막은 나도 잘 모르겠지만……."

"이벨 님의 의식이?! 준비……?"

"뭐, 뭔가 심상치 않은 예감이 느껴지네요."

"그러게. 후후후……. 큰일인걸……."

잉그리스의 얼굴에 미소가 피어올랐다.

이벨. 계획. 준비. 이를 통해 도출해낼 수 있는 결론은 하나였다. 무언가 터무니없는 일이 벌어질 것이라는 사실이다.

물론 어디까지나 예상에 불과했지만, 잉그리스의 입장에서는 새로운 대련 상대가 나타날 가능성을 기대해 볼 수 있었다. 그래서 자기도 모르게 두근거리고 말았다.

"이, 이쪽에도 심상치 않은 미소를 짓는 분이 한 명 계시네요."

"잉그리스야 뭐 항상 이러니까……. 사실 이안은 괴로워하면서 빨리 자신을 끝장내 달라고 부탁했어. 하지만 난 그러질 못했고, 다시 싸움이 시작되고 말았지. 그리고 결국 이렇게……."

레오네가 고개를 숙이고 말했다.

"마, 마음에 두실 것 없습니다……. 저를 멈춰 주셔서 고마워요. 더 이상 친구들을…… 프람을 상처 입히는 건 사양입니다."

"이안!"

"다가오지 마세요……! 이벨 님의 의식이 언제 저를 자폭시킬지 모릅니다. 이미 저는 이용 가치가 사라졌으니까요……! 모든 준비를 마친 뒤, 이벨 님은 소란을 일으켜 조금이라도 더 시간을 벌려고 했습니다……. 여러분의 주의를 끌 수만 있다면 이유 같은 건 뭐라도 좋았어요. 그러니 제가 했던 말들은 진지하게 받아들이지 말아 주세요. 괜히 상처받으실 필요 없습니다."

"……이안 씨, 준비란 게 뭔가요? 이벨 님의 목적이 뭐죠……?"

잉그리스가 묻자 이안이 이쪽을 쳐다보았다.

하지만 그 눈빛은 날카롭고 싸늘했다. 이안의 눈빛이 아니었다.

이벨의 인격이 모습을 드러낸 것이다.

"곧 알게 될 거다……! 잉그리스……! 너라면 분명 기뻐할 테지! 그러니까 방해하지 말고 얌전히 지켜보고 있어!"

"그러면 그렇게 하도록 하죠."

단, 라피니아가 말리지만 않는다면.

잉그리스는 실력을 갈고닦기 위해서 다양한 강적들과 붙어보고 싶었다. 정의로운 자든, 악한 자든 상관없었다. 하지만 라피니아의 부탁을 무시하면서까지 강행할 생각은 없었다. 아니, 오히려 최우선 사항이었다.

귀여운 라피니아가 어엿한 어른으로 성장해 나가는 모습을 지켜보는 것. 이 또한 잉그리스 유크스의 삶에서 하나의 중요한 목표가 되어 있었다.

"자, 이렇게 말 많은 장난감은 이제 필요 없다……! 그만 처분하도록 하지! 나는 나 하나로 충분하거든!"

화악!

불현듯 이안의 몸이 눈 부신 빛을 뿜어내기 시작했다.

"다가가지 마세요! 물러나요!"

잉그리스가 주변 사람들에게 외쳤다.

이안이 방금 경고했던 일이 현실로 벌어진 것이다. 가까이 다가가면 위험했다.

"……처음부터 모든 것이 계획되어 있었습니다. 애초에 저는 릭클레어와 운명을 함께했어야 했던 겁니다……. 살아남은 제가 벌인 행동들은 죄다 잘못된 것이었어요……. 그래도 마지막에 이곳으로 돌아올 수 있어서 다행입니다……. 잉그리스 씨, 여러분. 뒷일을 부탁드립니다……. 라티와 프람을, 그리고 이 나라를……."

이안은 온화한 말투로 돌아와 마지막으로 미소 지어 보였다.

"알겠어……."

"이안……."

"이안 씨……!"

"이안! 무슨 일이 일어날지는 모르겠지만……! 반드시 릭클레어를 예전의 모습으로 되돌려 놓겠어! 그러니까…… 그러니까……!"

프람의 곁을 지키던 라티도 참지 못하고 소리쳤다.

"네, 라티……. 기대하고 있을게요."

콰과아아아아아앙!

빛이 팽창하며 커다란 폭발이 일어났다. 굉음과 함께 연기가 피어올랐다.

폭발을 지켜보던 이들은 눈 부신 빛으로 인해 눈을 감았다. 그리고 다시 눈을 떴을 때, 이안의 모습은 흔적조차 남아있지 않았다.

산산이 조각 난 기계 파편들이 하늘에서 떨어져 내릴 뿐이었다.

"이아아아아아안!"

친구를 잃은 라티의 비통한 절규가 울려 퍼졌다.

"큭……! 이안……!"

"하이랜더에게 우리는 대체 어떤 존재인 걸까요……."

레오네는 입술을 깨물었고, 리제롯테는 고개를 숙였다.

"……용서할 수 없어! 일그러진 성격은 죽어서도 고쳐지지 않은 모양이네……!"

라피니아는 분노로 눈을 번뜩이며 몸을 일으켰다.

"라니, 프람은 이제 괜찮은 거야?"

"응. 이상하게 오늘따라 컨디션이 좋더라. 그래서 치료도 생각보다 훨씬 빨리 끝났어."

어쩌면 드래곤 로어의 영향일지도 몰랐다.

잉그리스와 비슷한 양의 고기를 먹은 라피니아라면 영향을 받았어도 전혀 이상할 게 없었다. 다만, 라피니아는 방금 후페일베인의 목소리를 듣지 못했다. 아직 힘을 각성하지 못한 건지, 드래곤 로어가 후페일베인의 목소리를 듣는 방향으로 발현되지 않았을 뿐인지는 아직 불명이었다.

"프람은 이제 다 나았어. 체력을 소모해서 잠들기는 했지만. 라티, 프람을 방 안으로 데려가서 눕혀 줘. 이대로 내버려 두면 감기에 걸릴 거야."

"알겠어! 정말로 고맙다!"

"왕자님, 저도 돕겠습니다!"

"그래. 부탁할게, 루인!"

라티와 루인은 서로를 도와 프람을 건물 안으로 옮겼다.

"자, 그럼 이제 이안의 원수를 갚으러 가자! 크리스, 이벨은 지금 어디에 있어?!"

"……아직 모르겠어. 그래도 만약 나타난다면 저쪽이 아닐까."

잉그리스는 자신들이 이곳에 오기 전까지 있던 장소, 즉, 후페일베인이 묶여있는 구덩이의 중심지를 가리켰다.

이벨의 후임으로 찾아온 티파니에는 릭클레어를 '부유마법진'으로 띄운 것이 이벨의 작전이라고 말했다.

티파니에 본인은 이곳 지하에 신룡 후페일베인이 봉인되어 있었다는 사실을 모르는 눈치였다. 이벨과 사이가 좋지 않았기에 자세한 내용을 듣지 못한 모양이었다.

아마도 작전의 입안자였던 이벨은 이곳에 후페일베인이 잠들어 있다는 사실을 알고 있었을 것이다. 우연히 하이랜드의 영토로 점찍은 장소에 우연히 신룡이 잠들어 있었다고는 생각하기 어려웠다.

처음부터 알고 있었다고 보는 편이 자연스러웠다.

즉, 이벨의 목적은 처음부터 신룡이었다는 뜻이다.

따라서 이벨이 모습을 드러낸다면 후페일베인이 있는 장소일 가능성이 컸다. 누구나 가능한 추측이었다.

"분명 신룡 후페일베인한테 무슨 짓을 할 거라고 봐."

"뭐어?! 그럼 안 되잖아……! 모처럼 우리를 이해해 주려던 참인데! 게다가 맛있는 고기도 먹지 못하게 되고 말 거야!"

"뭐, 비축분을 많이 쌓아뒀으니 큰 문제는 없지만. 차라리…….'

잉그리스의에게 후페일베인이 전의를 상실한 것은 커다란 문제였다. 이벨과 신룡이 힘을 합쳐서 함께 공격해 준다면 고마울 따름이었다.

후페일베인 정도까지는 아니더라도 이벨 또한 상당한 실력자였다. 둘이서 힘을 합쳐 잉그리스를 적대할 가능성은 충분히 있었다. 한 번 죽음을 맞이한 이벨이 어떠한 상태로 나타날지가 관건이겠지만.

"차라리?"

"아, 그게…… 아무것도 아냐."

차라리 이대로 이벨이 제멋대로 굴게 놔두는 것도 괜찮을지 몰랐다.

"잠깐, 크리스? 한동안 내버려 두면 더 강한 적과 싸우게 될지도 몰라♪ 라고 생각하고 있는 건 아니겠지……?"

"어……?! 아, 아니야. 설마. 훗날을 위해서야. 상대방이 패를 전부 공개하게 만들면 나중에 라파 오라버니나 세오도어 특사한테 물어봐서 뭔가 실마리를 붙잡을 수도 있잖아. 그러니 조금은 멋대로 하라고 내버려 둬도 괜찮지 않을까?"

"안 돼! 저번에도 그런 식으로 여유 부리다가 왕립 대극장을 폭발시켰잖아! 나중도 나중이지만 지금이 더 중요해. 이안을 위해서라도 더 이상 릭클레어를 위험하게 할 수는 없어! 이벨의 계획은 사전에 막아야 해! 자, 서둘러!"

라피니아가 잉그리스의 손을 잡아끌었다.

이렇게까지 말하면 잉그리스도 거절할 수 없었다.

종기사 입장에서도, 귀여운 라피니아의 부탁이라는 점에서도.

"그래. 알았어."

잉그리스와 라피니아는 다시금 스타 프린세스호에 올라탔다.

레오네도 두 사람을 따라 기체에 탑승했고, 리제롯테는 탑승하는 대신 날개를 만들어 스타 프린세스호의 난간을 붙잡았다.

"속도를 올릴게!"

조종간을 쥔 라피니아가 플라이 기어를 발진시킨 바로 그때.

부스스스스스스……!

커다란 지진이 발생하면서 주변의 숲이 요동쳤다.

지진의 진원지는 잉그리스가 지적대로 후페일베인이 묶여있는 장소 근처였다. 구덩이의 밑바닥이 갈라지는가 싶더니 균열이 서서히 벌어지기 시작했다.

"뭐, 뭐야?!"

"지하에 뭔가가 있나……?!"

"잘은 모르겠지만 상당히 커 보여……!"

"서둘러야겠어요!"

하지만 바로 그때였다.

그오오오오오오!

잉그리스 일행의 진로를 막아서듯 반투명한 용들이 무리 지어 나타났다.

"환영룡!"

"하필이면 이런 때! 방해하지 마……!"

"제가 길을 열겠어요! 여러분은 멈추지 말고 나아가세요!"

리제롯테는 선체를 박차고 앞으로 돌진했다.

"야아아아압!"

리제롯테가 내지른 할버드는 희미한 푸른색의 빛을 띠고 있었다.

그리고…….

휘이이이이잉!

차갑고도 맹렬한 눈보라가 발생해 환영룡들을 집어삼켰다.

순식간에 얼어붙어버린 환영룡들이 쩌저적 소리를 내며 무너져 갔다.

"뭐…… 뭔가요, 이건?!"

화들짝 놀라는 리제롯테. 하지만 그 와중에도 옆을 지나치던 스타 프린세스호의 난간을 붙잡는 것을 잊지 않았다.

"리제롯테도 각성했구나……! 분명히 드래곤 로어일 거야! 내 말이 맞지, 잉그리스?"

"응. 맞아."

리제롯테의 할버드도 끝부분이 용의 머리 모양으로 변화해 있었다. 레오네의 대검과 흡사한 변화였다.

단, 이쪽의 경우 환영룡을 소환하는 대신 드래곤 브레스와 비슷한 현상을 일으키는 것이 가능한 모양이었다.

"하긴! 리제롯테도 나만큼 고기를 잔뜩 썰었잖아!"

"그, 그렇군요. 기사의 긍지인 마인무구를 그런 일로 사용해도 되는 걸까 싶기는 했지만, 열심히 한 보람이 있었네요……!"

리제롯테는 기뻐하며 새로운 힘을 얻은 할버드를 뺨에 대고 문질렀다.

"둘 다 부럽다! 내 마인무구도 강해졌으면 좋겠는데……! 하지만 활로는 고기를 자를 수가 없는걸!"

"라피니아한테는 세오도어 특사께 받은 치유 능력이 있잖아요? 저야말로 뒤처지는 건 아닐까 걱정했단 말이에요."

"하지만 그런 식이면 레오네도 세오도어 특사한테 이공간 능력을 받았는걸. 거기다가 용의 힘까지 각성하고. 혼자만 두 개나 독식하다니, 치사해!"

"어? 부, 부러워할 것 없어. 난 아직 한참 멀었는걸."

"후후후. 괜찮아. 다들 착실하게 강해지고 있잖아."

세 사람은 상급 마인과 상급 마인무구를 갖춘 기사 후보생이었다. 장차 여러 부대를 이끌면서 상급 기사로 성장해 나갈 것이다.

다만 개개인의 전투 능력은 이미 상급 기사 중에서도 손에 꼽을 수준까지 도달한 듯 보였다. 언젠가는 성기사에 준하는 실력을 갖추게 될지도 몰랐다.

환영할 만한 일이었다. 대련 상대가 늘어난다는 뜻이니까. 앞으로도 꼭 분발해 주기를 발했다.

"앞으로도 더 강해져서 같이 훈련하자. 알았지? 후후훗."

"마, 말투만 귀엽지, 내용은 하나도 안 귀엽네. 대체 얼마나 무서운 훈련을 시키려고."

"그, 그러게. 살살 부탁할게……."

"보통 사람은 잉그리스의 훈련을 따라가기도 벅차니까요. 플라이 기어를 들고 달린다거나 말이죠……."

그때였다.

쿠구구구구구구구구구궁!

한층 더 커다란 지진이 발생했다.

후페일베인 근처의 균열이 급격하게 붕괴하기 시작한 것이다.

이윽고 안쪽에서 거대한 그림자가 솟아오르기 시작했다.

"……! 뭔가가 온다!"

"저, 저게 뭐야?! 엄청 커……!"

라피니아의 말대로 눈앞의 괴물은 후페일베인에 필적하는 몸집을 자랑했다.

"어딘가 용을 닮지 않았어? 하, 하지만 저건……!"

레오네의 말대로 눈앞의 괴물은 용과 비슷한 형태를 띠고 있었다.

"저 무지개색 빛깔은…… 서, 설마!"

그랬다. 리제롯테의 말대로 눈앞의 괴물은 무지개색으로 빛나고 있었다.

""""프리즈마……!""""

라피니아와 레오네와 리제롯테가 경악한 목소리로 외쳤다.

"크, 큰일이야! 어째서 갑자기 프리즈마가……!"

"릭클레어를 멸망시킨 건 프리즈마라고 이안이 그랬지? 그 프리즈마가 줄곧 근처에 몸을 숨기고 있었던 걸까……?!"

"어, 어쨌든 큰일이에요……! 야영지를 지켜야 해요……! 그곳에는 민간인분들도 잔뜩 계세요!"

"그, 그렇지만 차라리 잘 된 거 아닐까? 자, 크리스. 신룡하고 싸우지 못한 대신에 저거랑 싸우게 해줄게. 마음껏 날뛰어!"

"아니. 틀렸어, 라니."

"어? 뭐가?"

"저건 프리즈마가 아냐."

프리즈마 특유의 압도적인 박력이 느껴지지 않았다.

예를 들어 아르멘에서 보았던 얼어붙은 프리즈마의 경우, 두꺼운 얼음 너머로도 범상치 않은 힘의 요동이 느껴졌다.

잉그리스가 왕도 카랄리아에서 격파했던 미성숙한 프리즈마도 마찬가지였다. 아르멘 마을의 프리즈마에 비할 정도는 아니지만, 특유의 압도적인 힘이 느껴졌다.

하지만 프리즈마를 닮은 눈앞의 괴물에게서는 그러한 박력이 느껴지지 않았다.

프리즈마는 물론이거니와 마석수조차 아니었다. 힘의 흐름이 마석수와 달랐다.

"아마도 가짜일 거야."

"가짜……?!"

"저, 저게?"

"저렇게나 비슷한데도요?"

"비슷한 게 아니라, 비슷하게 만든 거야."

그리고 의도적으로 비슷하게 만든 데에는 당연히 이유가 있었다.

릭클레어를 멸망시킨 괴물은 사실 프리즈마는 물론이고 마석수조차 아니었다.

이안은 죽기 직전, 처음부터 모든 것이 계획되어 있었다고 말했다.

그 말의 내막이 서서히 드러나기 시작한 것이다.

"그, 그게 무슨 뜻이야, 크리스?!"

"더 가까이 가보면 알 거야. 서두르자!"

"결국 싸울 셈이네, 뭘……!"

"싸우기 싫다고 말한 적은 없는걸!"

상대가 프리즈마인지 아닌지는 사실 크게 중요한 문제가 아니었다.

중요한 것은 상대가 강한가 아닌가. 그리고 자신과 싸워줄 것인가.

적어도 이번에는 싸우지 못해서 걱정할 필요는 없어 보였다. 안 그래도 후페일베인이 상대해 주지 않아서 곤란하던 참이었다. 희소식이 아닐 수 없었다.

"아, 그러셔! 그럼 전속력으로 간다! 가속 모드!"

스타 프린세스호는 속도를 올려 단숨에 무지개색 괴물에게 접근했다. 그렇게 가까이 다가가서 살펴본 일행들은 한마디씩 외쳤다.

"……봐, 플라이 기어처럼 곳곳에 기계 장치가 있어!"

"그렇지만 생체 조직도 있는걸……!"

"반대로 마석은 어디에도 보이지 않네요?!"

"형태가 용인 걸로 봐서……. 아마도 용의 육체를 하이랜드의 기술로 개조한 거겠지. 이안 씨는 인간의 몸을 기계로 개조한 경우잖아. 비슷한 방식으로 만들어졌을 거야."

여기에 더해 표면을 무지개색으로 칠하고, 발광하는 물체를 박아서 프리즘마처럼 보이도록 만들어 놓았다.

"……! 크리스! 그럼 하이랜드에서 이걸 만들었다는 거야?!"

"잠깐만! 맨 처음에 릭클레어를 습격했던 괴물이 이 녀석이랬지……?!"

레오네의 말에 잉그리스가 고개를 끄덕였다.

"아마도 맞을 거야. 겉모습이 프리즘마로 보이도록 위장한 거지. 알카드는 하이랜드와 접점이 적어서 마석수에 대한 지식이 부족했을 거야. 프리즘마에게 습격당했다고 착각했어도 이상하지 않아."

"……그럴 수가! 결국 릭클레어가 멸망했던 것부터가 하이랜드의 소행이라는 거군요?"

"응. 정확히 말하면 이벨 님이겠지. 그래서 이안은 처음부터 모든 것이 계획되어 있었다고 말한 거야. 중간에 알아챈 거겠지."

"……너무해! 그러면 이안의 고생이 뭐가 돼! 카랄리아에 심한 짓을 하기는 했지만, 알카드에서 두 번 다시 비극이 일어나지 않도록 그런 몸이 되어가면서까지 노력했는데……! 그게 전부……!"

프리즘마의 출현으로 릭클레어가 멸망하자, 알카드는 하이랜드의 힘을 빌리는 쪽으로 방침을 선회했다. 하지만 마인무구와 하이랄 메나스를 하사받기에는 하이랜드에 바칠 물자가 부족했다.

그래서 하이랜드는 부족한 물자를 면제해 주는 대가로 알카드에게 한 가지 작전을 제시했다. 카랄리아와의 우호 관계를 파기하고, 베네픽의 침공에 가세하라는 것이었다. 알카드는 이를 받아들였고, 이안은 알카드를 위해 그 작전에 말 그대로 몸을 내바쳤다.

이안이 이런 행동을 한 이유는 릭클레어가 프리즈마에게 멸망당했기 때문이었다. 그런데 사실 프리즈마는 존재하지도 않았다.

이안의 숭고한 의지와 희생은 처음부터 더럽혀져 있었던 셈이다. 이벨의 손에 의해서.

"용서 못 해……! 이벨은…… 그 녀석은 어디에 있는 거야! 잘은 모르겠지만 살아있는 거지?! 이번에야말로 확실하게 쓰러트려 주겠어!"

라피니아는 눈물을 뚝뚝 흘리며 이안을 위해 분노했다.

"라니……."

잉그리스가 라피니아를 달래려던 그때였다. 누군가가 먼저 나서서 대답했다.

"하하하핫! 농담은 관둬라. 네깟 게 나를 쓰러트릴 수 있을 것 같으냐……!"

소년 특유의 청아한 음색과 이에 어울리지 않는 거만한 말투.

목소리가 들려온 장소는 용의 모습을 한 가짜 프리즈마의 머리 위였다.

어느샌가 빨간색과 파란색의 눈동자를 가진 소년이 그곳에 서 있었다.

"이벨!"

"저, 저게……?! 정말로 어린애네!"

"정말로 전부 하이랜드 측에서 짠 계획이었군요……!"

"그, 그보다 어떻게 된 거지?! 저번에 봤던 모습 그대로잖아……! 분명히 죽었을 텐데!"

"이안 씨와 비슷한 케이스일 거야."

"이안하고? 자신을 여러 명으로 복제했을 거라는 말이야, 크리스?"

"응. 아마도 그럴 거야."

이안과 다른 부분이라면, 이벨은 기계화되지 않은 평범한 몸이라는 점이었다.

인간의 신체를 복제하는 기술이 있다면 잉그리스의 몸을 복제하는 것도 가능할지 몰랐다. 대련 상대를 확보하기 위해서라도 꼭 한번 사용해 보고 싶었다.

"뭐, 나는 그 고철 덩어리처럼 똑같은 자아가 동시에 존재하도록 놔둘 만큼 천박하진 않거든. 나는 하나로 충분해."

즉, 이전의 이벨이 혈철쇄 여단의 흑가면에게 당했기 때문에 지금의 이벨이 새로이 눈을 뜬 모양이었다.

그리고 지금의 언행을 보아하니 이쪽에 대한 기억도 남아있는 듯했다.

어떠한 원리로 되살아났는지는 모르겠지만, 결국 잉그리스가 원하는 건 하나뿐이었다.

"그런가요? 한 명쯤 더 있는 편이 여러모로 편리할 것 같은데."

"……잉그리스. 아쉽지만 너와는 의견이 맞지 않는 것 같군. 하지만 그거면 돼. 내가 정상인이라는 뜻이니까!"

"너무하시네요. 사람을 비정상이라는 듯이……."

"나도 그건 부정하지 않겠지만……!"

"부정해 줘, 라니!"

"부정하지 않겠지만……! 어쨌든 전부 네가 저지른 짓이지?! 릭클레어를 멸망시킨 것도 바로 너였어……! 인성이 썩었어! 너야말로 정상이 아니야!"

"하. 꼬맹이가 따로 없군."

이벨은 라피니아의 험악한 태도에도 동요하기는커녕 조소할 뿐이었다.

"누, 누가 꼬맹이라는 거야……!"

"멍청하긴! 전략에서 인성이 좋고 나쁘고를 따지는 시점에서 꼬맹이라는 소리를 들어도 할 말이 없는 거다!"

"으……!"

살짝 주눅이 든 라피니아를 대신해 잉그리스가 말했다.

"다시 말해, 그쪽에도 이렇게 해야만 할 이유가 있다는 뜻이네요. 아마도 정치적인 문제겠죠. 예를 들어서 대립하고 있는 삼대 공파와 '지상을 침략하는 행위는 서로 삼가자'라는 협정이 체결되어 있다던가……."

"전혀 삼가는 것 같지 않던데……?!"

"실제로는 그렇지. 하지만 적어도 군대를 보내서 막무가내로 제압하는 식의 대응은 하지 않고 있어. 이번에도 어디까지나 알카드에서 협력을 요청하고 하이랜드에서 응하는 형태를 띠고 있잖아. 억지로 그렇게 만들기는 했지만 말이지. 현실과 명분은 많이 다른 법이니까. 본심과 겉치레라고 바꿔 말해도 무방하겠지. 그렇죠, 이벨 님?"

"흥……!"

이벨은 콧방귀를 뀔 뿐 부정도 긍정도 하지 않았다.

맞지는 않지만 틀리지도 않았다, 정도로 해석할 수 있을 것이다.

"그건 그렇고, 이벨 님도 참 허술하시네요."

"뭐라고……?!"

"라니는 일부러 감정적인 말투로 기고만장해진 당신한테서 정보를 뽑아냈던 거예요. 덕분에 대략적인 추측이 가능해졌어요."

물론, 실제로는 전혀 그렇지 않았다.

보호자로서 차마 못 본 척하지 못했을 뿐이다. 라피니아를 옹호해 주고 싶었다.

라피니아가 귀여우니 어쩔 수 없었다.

"마, 맞아……! 함정에 빠진 건 그쪽이야! 메롱이다!"

"크윽……!"

"그리고 당신의 진정한 목적은 신룡 후페일베인……. 앞으로 어쩌실 생각인지는 모르겠지만, 하이랜드에도 신룡에 관한 정보가 있었군요."

신룡 후페일베인을 이 땅에 봉인한 것은 전생의 잉그리스 왕 자신이었다.

그 정보가 전해져 내려와 하이랜드에 남아있었다.

따라서 하이랜드로 가면 잉그리스가 건국한 실베르 왕국이 이후에 어떤 역사를 겪었는지 알아볼 수 있을지도 몰랐다. 흥미로운 사실이었다.

"기다려! 어째서 네가 그 이름을 알고 있는 거지?! 그건 하이랜드에서도 극히 일부에게만 알려진 정보란 말이다……!"

"간단해요. 후페일베인이 직접 가르쳐 줬거든요."

물론 잉그리스는 처음부터 알고 있었다. 단지 이 대답이 가장 설득력이 있었을 뿐이다.

전생의 기억을 반드시 숨겨야 할 이유는 없지만, 이야기가 길어지므로 굳이 언급하지 않기로 했다.

"신룡의 목소리를 들었다고……?"

"맞아! 이제 겨우 사이가 좋아진 참인데! 신룡을 괴롭히면 용서하지 않겠어……!"

"이렇게 사슬로 결박해 놓고 잘도 그딴 소리를! 이 용은 하이랜드에도 매우 중요한 존재란 말이다! 불손한 녀석들 같으니! 신룡을 괴롭히는 게 어느 쪽이지?!"

"윽……?! 크, 크리스! 뭐라고 반박 좀 해 봐!"

"후후후……. 솔직히 할 말이 없군요. 말씀하신 대로입니다."

후페일베인을 제압하려면 달리 방법이 없었다.

"하, 하긴. 변명의 여지가 없지."

"그, 그렇네요……. 인정하는 수밖에 없겠어요."

레오네와 리제롯테도 식은땀을 흘리며 수긍했다.

"나는 너희들에게 고통받는 신룡을 도우려는 것뿐이다! 조금이라도 죄책감을 느낀다면 잠자코 지켜보기나 해……!"

"그러면 그러기로 할까요."

"크리스!"

"하지만 받아칠 말이 없는걸. 라니도 후페일베인한테 조금 미안한 마음이 있지 않아?"

"으, 응……. 하지만 이벨은 분명히 나쁜 계획을 꾸미고 있을 거야. 딱히 용을 위해서 뭔가를 하려는 게 아닐 거라구."

"그건 걱정하지 마. 수상한 낌새를 보이면 내가 어떻게든 할 테니까. 괜찮지? 응? 조금만 지켜보자."

"……결국 이번에도 기대하고 있을 뿐이잖아. 둘이 힘을 합쳐서 공격해 오는 전개라던가."

"……박력이 넘치는 전투를 보여주겠다고 약속할게."

"어휴……! 하다못해 거짓말을 하거나 얼버무리기라도 해 봐!"

"아야, 아야얏……! 볼은 꼬집지 마, 라니……!"

"너희들, 지금 놀고 있을 때가 아니잖아!"

"용이 깨어나겠어요!"

레오네와 리제롯테가 두 사람을 말렸다.

이벨이 지시를 내린 것일까. 아래를 보니 가짜 프리즈마의 몸에서 가느다란 팔이 뻗어 나와 후페일베인을 구속하고 있던 사슬을 풀고 있었다.

"앗……! 남이 대화를 나누는 사이에! 비겁해!"

"내가 알 바 아니다! 하지만…… 크크크크! 저 전설의 신룡을 제압해 이렇게 꼴사나운 몰골로 만든 수완 하나는 대단하군. 정말이지 경악할 노릇이야. 칭찬해 주마……! 나한테도 잘된 일이다. 긍지 높은 신룡의 콧대를 꺾어 놓았으니 조금은 더 얌전하게 내 부탁을 들어주겠지."

"오오……. 다시 말해, 신룡조차 뛰어넘는 힘을 마련해 주시겠다는 거군요……?! 무척 기대되네요!"

잉그리스가 눈을 반짝이며 말했다.

이벨의 말투와 발언에서는 아직 상당한 여유가 엿보였다.

이쪽이 신룡을 제압했다는 사실을 인식하고도 여전히 여유를 부리는 것이다.

단순히 신룡을 아군으로 만들어 이쪽을 쓰러트릴 계획이었다면, 이벨은 신룡의 힘이 잉그리스보다 약하다는 사실에 당황하거나 낙담했을 것이다. 지금처럼 자신만만한 태도를 보이지는 못했을 터였다.

무언가 잉그리스를 쓰러트릴 방법이 있는 게 분명했다.

하이랜드의 대간부인 아크로드의 비장의 수. 기대해 보기로 했다.

"흥……! 눈치가 너무 빠르면 미움받기가 십상이라는 걸 명심해라!"

"실례했습니다."

잉그리스가 그렇게 말하며 머리를 숙였다. 그러자 이벨은 몸을 일으킨 후페일베인을 바라보며 커다란 소리로 외쳤다.

"자아, 신룡이여! 긍지 높은 네게 굴욕을 안겨다 준 저 여자를 죽일 힘을 주마! 그러니 나의 목소리를 들어라……!"

"오오, 역시……! 꼭 좀 부탁드릴게요!"

나아가 전의를 상실해 버린 신룡이 다시 한번 투지를 불태워 주었으면 했다.

잉그리스는 아직 더 싸우고 싶었다.

"시끄러워! 네가 대답하지 마! 조용히 있어!"

이벨이 버럭 외쳤다.

그런데 그때 후페일베인이 잉그리스에게 넌지시 물었다.

『늙은 왕이여. 이 자는 너희들의 동료인가?』

"아뇨. 굳이 말하자면 적대하는 관계입니다만……."

『그렇군.』

짤막하게 대답한 후페일베인은 다음 행동에 나섰다.

그워어어어어어!

흉악한 이빨로 가득한 아가리를 활짝 벌려 이벨을 먹어 버린 것이다.

거대한 몸집에 어울리지 않는 무서우리만치 빠른 동작이었다.

아크로드인 이벨이 전혀 반응하지 못하고 잡아먹혔을 정도로.

"…………?!"

경악성을 터트릴 새도 없었다. 이벨은 그야말로 눈 깜짝할 사이에 후페일베인의 입 속으로 사라져 버리고 말았다.

"아아앗?! 자, 잡아먹혔어!"

"엄청난 속도였어요! 순식간에⋯⋯!"

레오네와 리제롯테가 갑작스러운 사태에 눈을 동그랗게 떴다.

"자, 잡아먹힐 거면 대체 왜 나타난 거야⋯⋯! 하, 하긴. 차라리 잘 된 걸지도⋯⋯."

"잘 되기는 뭐가⋯⋯! 아아, 아깝게!"

잉그리스도 후페일베인이 이벨의 대화에 순순히 응해줄 것이라고는 생각하지 않았다.

그래도 이벨이 후페일베인의 공격쯤은 막아내 주길 바랐다. 이벨이 후페일베인의 공격을 막아내면, 후페일베인이 그런 이벨을 인정하고 대화에 응해주는 흐름을 상정하고 있었다. 하지만 설마 허무하게 잡아먹힐 것이라고는 예상하지 못했다.

『흥⋯⋯. 일단 확인은 했다. 동료가 아니라면 불만은 없겠지?』

그렇게 말하는 후페일베인의 입가에는 붉은 피가 묻어 있었다.

이벨은 확실하게 죽음을 맞이한 듯 보였다.

"아, 알았어요⋯⋯. 뒤늦게 불평해 봤자 돌이킬 수 있을 것 같지도 않네요."

『나를 다시 구속하고 싶다면 마음대로 해라. 그리고 저 흉물은 내 눈에 띄지 않는 곳에 버려두도록. 우리 동족의 육체에 뭔지도 모를 물체를 심어 넣다니, 불쾌하기 짝이 없군.』

후페일베인은 할 말을 마친 뒤 다시금 몸을 둥글게 말고 바닥에 드러누웠다.

이 가짜 프리즈마의 생김새나 어렴풋이 느껴지는 드래곤 로어를 통해서 짐작은 했지만…… 역시 살아있는 용을 개조해 만든 모양이었다.

같은 용이니만큼 후페일베인이 가장 잘 알고 있을 것이다.

"알겠습니다. 그럼 이걸 치워드리는 대신에 저와 대련을……."

『에에잇! 몇 번을 말해야 알아듣겠나! 끈질기군……! 적당히 포기해라!』

"아뇨, 포기하지 않을 겁니다……! 당신이 제 열정을 이해해 주시기 전까지는!"

『이해했으니 싸우지 않겠다는 거다! 너 같은 전투광과 어울리는 건 사절이다! 다른 녀석을…………?!』

후페일베인의 말이 도중에 끊어졌다.

불현듯 후페일베인의 몸이 움찔하고 떨리더니 부들부들 경련하기 시작했다.

『오……! 으윽……?! 우오오오오오오오?!』

"……?! 후페일베인! 왜 그러시죠……?!"

"잘은 모르겠지만, 크리스가 끈질기게 굴어서 엄청나게 화난 거 아닐까?!"

"그, 그럴 리가 없어! 우리는 분명 서로를 이해할 수 있을 거야!"

"하지만 아무래도 심상치가 않아!"

"대체 무슨 일이 일어나고 있는 건가요?!"

그오오오오오오오!

후페일베인이 커다란 포효를 내질렀다. 그리고 잠시 후, 후페일베인의 떨림이 잦아들었다. 더 이상 포효도 내지르지 않았다.

이윽고 후페일베인은 한쪽 손을 쥐었다 폈다 반복하며 상태를 확인하는 듯한 행동을 취했다.

"……?"

"큭큭큭…… 좋아, 성공이다!"

"?! 사람의 말을 했어!"

지금껏 후페일베인은 드래곤 로어를 통해서 잉그리스와 대화를 나누었다.

본인이 원한다면 언제든지 인간의 언어로 대화를 나눌 수 있었겠지만, 자존심 센 성격 때문에 그러지 않았을 뿐이다.

"마, 말했어……! 나한테도 들려!"

"나한테도 들렸어……!"

"저한테도요!"

"역시 인간의 말을……. 그렇다면 지금 말한 건 이벨 님……?!"

"""뭐어어어어?!"""

입을 모아 경악하는 세 사람. 그러자 후페일베인의 모습을 한 이벨은 기세등등해져서 고개를 끄덕였다.

"내가 그렇게 간단히 당할 줄 알았나……?! 아쉽게 됐군! 내가 뭘 위해서 고철 덩어리에 의식을 부여했다고 생각하지……?! 도중에 너희들과 함께 자폭하지 않고 물러난 이유는?! 모든 것은 이 '마인드 블래스트'를 완성하기 위해서였다……! 타인의 정신에 자신의 의식을 덧씌워 빼앗는 기술이지……! 신룡은 긍지 높고 거만한 존재다. 인간의 말 따위는 귓등으로도 듣지 않지……! 그렇다면 대화를 나눌 바에야 정신을 빼앗는 편이 나아!"

"과연. 이안 씨한테 당신의 의식을 주입한 것은 전부 이 실험의 일환이었군요. 그리고 이안 씨가 모습을 감춘 것은 성공한 실험의 성과를 내기 위해서였고요."

"정답이다……! 이 기계룡은 왕도 지하에 숨겨져 있었기 때문에 준비를 마치기 전까지 너희들이 왕도로 접근하지 못하도록 유도할 필요가 있었지!"

"아, 그렇구나……! 그래서 프람이 납치당했던 거였어……!"

"그래야 우리가 프람을 되찾으러 릭클레어로 향할 테니까……!"

"저희는 적의 노림수에 제대로 걸려든 거군요!"

"뭐, 그 여자가…… 티파니가 예상 이상으로 무능했던 탓에 계획이 조금 어긋나고 말았지만 말이야. 설마 너희들이 신룡을 발굴해 내리라고는 생각지 못했다. 뭐, 결과적으로 이렇게 신룡의 정신을 장악할 수 있었으니 불문에 부쳐두기로 하지……! 하하하하핫!"

"축하드려요. 그러면 지금 바로 성과를 시험해 보시는 게 어때요? 여기에 좋은 실험대가 있잖아요. 얼마든지 상대해 드릴게요."

잉그리스가 자신의 가슴에 손을 얹으며 말했다.

후페일베인의 육체를 손에 넣은 이벨이라니, 최고였다.

내용물이 이벨이라면 또다시 잉그리스와 싸워줄 게 분명했다.

"크크큭…… 서두르지 마라. 이걸로 끝이라고 생각했나? 네 입으로도 말했을 텐데. 신룡조차 뛰어넘는 힘을 마련해 달라고…… 조용히 지켜보고 있어라."

"오오……?! 제가 큰 실례를! 기대하고 있겠습니다!"

"흥……! 기뻐하기는! 그 얼굴을 공포와 절망으로 물들여 주마! 각오해 둬라……!"

"네! 알겠습니다!"

눈을 반짝이면서 기대감에 부푼 목소리로 대답하는 잉그리스.

"정말이지 웃기지도 않는 녀석이군……! 몹시 불쾌해!"

후페일베인의 몸으로 불평을 쏟아낸 이벨은 근처에 있던 가짜 프리즈마에게 지령을 내렸다.

"자아, 기계룡이여! 이쪽으로 오너라! 하이랜드의 미래를 위하여 교주님을 지키는 방패가 되어라……! 수호신 탄생의 순간이다!"

번쩍!

이벨이 기계룡이라 부른 가짜 프리즈마가 눈 부신 빛을 발하기 시작했다.

이어서 기계룡의 몸 곳곳에서 무수한 팔들이 뻗어 나와 후페일베인의 몸을 휘감아 나갔다.

그러자 기계룡에서 뿜어져 나오던 빛이 신룡에게로 전파되었고, 이윽고 두 마리의 용이 공명하듯 빛의 세기가 증가했다.

"누, 눈부셔……! 눈을 뜰 수가 없어!"

"라니, 억지로 보려고 하면 안 돼. 고개를 숙이고 바닥에 비친 그림자를 봐! 레오네와 리제롯테도……!"

"아, 알았어!"

"그렇게 할게요……!"

절컥거리는 기계의 구동음과, 관절을 끼워 맞추는 소리, 고기를 반죽하는 소리 등 다양한 종류의 소리가 복잡하게 어우러졌다. 그와 동시에 바닥에 비친 두 그림자가 서서히 하나의 형태로 결합해 나갔다.

마침내 눈 부신 빛이 사그라들고, 잉그리스 일행의 눈앞에는 하나의 거대한 실루엣만이 남게 되었다.

"오오…… 대단해!"

기본적인 모습은 후페일베인과 크게 다르지 않았다. 하지만 머리와 각 관절 등의 중요 부위가 단단한 갑주로 강화되어 있었다. 그리고 그만큼 팔다리도 길어져 직립 보행이 가능한 체형으로 변모했다.

기계화된 부분에서는 드문드문 포문이 엿보였다. 하이랜드의 공중 전함과 비교해도 손색이 없는 무장이 갖춰져 있었다.

특히 양어깨에 장착된 두 개의 거대한 대포는 그야말로 압권이었다. 후페일베인의 드래곤 브레스조차 뛰어넘는 파괴력을 발휘할 수 있을 듯 보였다.

본체의 드래곤 로어도 한층 더 강해져 있었고, 여기에 하이랜드의 기술에서 유래한 마나까지 결합하여 확실한 진화를 이룩한 상태였다.

"뭐, 뭐야 저게……?! 신룡하고 하이랜드의 전함을 합쳐 놓은 것만 같아……!"

"어, 엄청난 박력이야……! 이게 하이랜드의 진정한 힘인가?!"

"처, 처음부터 이게 목적이었군요……!"

일행들은 기신룡의 모습에 완전히 압도되어 버린 듯했다.

"어떠냐……! 이것이 바로 전설의 신룡조차 넘어선 힘이다! 신룡 후페일베인을 소체로 삼은 기계룡…… 즉, 기신룡이라 부르면 되겠군! 교주님을 지키는 방패에 걸맞은 존재지! 그분은 천벌을 받을 짓이라며 신룡을 병기로 만든 나를 탓하실지도 모르지만, 쓸 수 있는 수단은 전부 동원해서 그분을 지켜드리는 것이 아크로드의 책무다!"

기신룡은 기계화된 주먹을 강하게 움켜쥐며 이벨의 말을 전했다.

"후후후후……. 아주 훌륭해요. 겉모습도 박력이 넘치는 데다가, 실제로도 엄청난 힘이 느껴져요……! 상대로서 부족함이 없습니다! 자, 기꺼이 상대해 드리죠……!"

이 기신룡은 고생해서 만든 용린검의 시험대로 부족함이 없었다.

적어도 후페일베인을 뛰어넘는 힘을 가진 것은 확실했다.

그리고 후페일베인을 뛰어넘는 존재라면 현생과 전생을 통틀어 최강의 적일 가능성이 컸다.

이 싸움은 잉그리스를 더욱더 높은 경지로 끌어올려 줄 것이 분명했다.

몸의 떨림을 주체할 수 없었다. 정말로 알카드에 오길 잘했다는 생각이 들었다.

"하아아아압!"

에테르 셸을 발동시킨 잉그리스는 스타 프린세스호에서 뛰어내려 기신룡과 정면으로 대치했다.

거머쥔 용린검에 잉그리스의 에테르가 침투하기 시작했지만, 아직 파괴될 기미는 없었다.

강도는 어느 정도일까? 위력은 충분할까? 새로운 무기에도 많은 기대가 되었다.

"자, 얼마든지 공격해 보시죠!"

잉그리스는 본인의 키만 한 용린검을 어깨에 걸치고 언제든지 휘두를 수 있도록 자세를 잡았다.

"크크큭. 감히 너 따위가 기신룡에 대적하겠다고……?!"

"네! 절대로 실망하게 하지 않을게요!"

"이 주제도 모르는 녀석 같으니!"

기신룡이 어깨의 주포를 제외한 모든 포문에서 일제히 포탄을 뿜었다.

콰과과과과과과광!

압도적인 수의 포탄이 잉그리스의 주변에 쏟아져 내렸다. 대량의 눈보라와 흙먼지가 피어올라 잉그리스의 시야를 가렸다.

하지만 정작 잉그리스에게는 포탄이 날아오지 않았다. 견제 목적의 공격임이 분명했다.

단순한 견제만으로 이 위력이라니. 기대감이 걷잡을 수 없이 부풀어 올랐다.

시야가 걷히고 잉그리스는 다시 앞을 바라보았다. 그리고…….

기신룡은 하늘 저편으로 떠나가려 하고 있었다.

"어……?! 저, 저기요?! 어딜 가시는 건가요?!"

"하이랜드로 돌아갈 거다! 말했을 텐데?! 기신룡은 대공파 녀석들로부터 교주님을 지키기 위한 방패라고. 귀중한 전력이란 말이다……! 일개 병사인 너하고 싸워봤자 나한테는 득이 될 게 없어! 네 주제를 알아라!"

방금 이벨이 "이 주제도 모르는 녀석"이라고 말했을 때만 해도 잉그리스는 그가 강함에 취해 기고만장하고 있다고 여겼다.

하지만 실상은 달랐다. 일개 종기사에 불과한 잉그리스와는 싸울 이유도, 그럴 마음도 없다는 뜻이었다. 완전히 의표를 찔리고 말았다.

"치, 치사해요……! 실컷 기대하게 해놓고 혼자만 내빼다니!"

"나랑은 상관없는 일이다! 너와 싸우겠다고 약속한 기억은 없어! 억울해하는 네 모습을 보니 기분은 좋구나! 핫하하하하하하하!"

이벨은 커다란 웃음소리를 남긴 채 구름 너머로 사라져 버렸다.

"으으……. 너무해……. 그러면 제 새로운 무기는 누구한테 시험해 보라는 건가요……?"

잉그리스는 좌절하며 자리에 털썩 무릎을 꿇었다.

그때 라피니아가 스타 프린세스호를 착륙시키고 잉그리스의 곁으로 다가왔다.

"하아. 결국 저 녀석의 말대로 되고 말았네."

"응?"

"이벨이 그랬잖아. 네 얼굴을 공포와 절망으로 물들여 주겠다고. 지금 크리스의 얼굴을 보니까 완전히 절망으로 물들어 있는걸. 기운 내."

평소와는 반대로 오늘은 라피니아가 잉그리스의 머리를 쓰다듬으며 위로해 주었다.

"라니, 나…… 여태껏 잘못 살아온 걸지도 모르겠어……."

"응? 이제 알았어?"

"어느 정도 높은 지위까지 올라가지 않으면 상대해 주지 않는 때도 있는 거였어. 저 기신룡과 싸우려면 나라를 세워서 하이랜드와 전쟁을 할 수 있을 정도는 되어야 할지도……. 하다못해 기사단이라도 이끌고 있었다면 상대해 줬을까……?"

"어휴, 무슨 소리를 하는가 했더니. 이상한 생각은 그만둬."

"흐으윽……. 그러면 라니가 나 대신 출세해서 기신룡과 싸우게 해줄래?"

"됐네요. 차라리 라파 오라버니와 결혼해서 후작 부인이 되는 게 어때? 오라버니라면 나보다 높은 자리까지 올라갈걸?"

"싫어! 나는 결혼할 생각이 없단 말이야."

마침 그때 레오네와 리제롯테가 도착했다.

"뭐, 어쨌든. 기신룡이 다시 돌아올 것 같지도 않으니 이건 이 것대로 나쁘지 않은 결과 아닐까? 식량도 충분하니까 한동안은 괜찮을 거야."

"그렇네요. 잉그리스의 말대로 저 용이 이곳의 기후를 척박하 게 만들었다면 결국 언젠가는 이곳에서 떠나보내야 했을 테니 까요."

"하긴. 그대로 내버려 뒀다면 크리스가 데려가서 기르겠다고 생떼를 부렸을 거야. 신룡한테는 미안하지만, 이걸로 잘됐어. 앞 으로 릭클레어가 발전하고, 따뜻한 기후가 되어서 풍작을 거두게 되면 이안도 편히 잠들 수 있을 거야."

"응. 분명히 그럴 거야."

"이안 씨가 바라셨던 미래일 거예요……."

세 사람은 감상에 젖은 얼굴로 기신룡이 떠나간 하늘을 바라보 았다.

이런 분위기에서는 더 이상 아무 말도 꺼낼 수 없었다.

잉그리스는 그저 깊은 한숨을 내쉴 뿐이었다.

"하아…… 싸워보고 싶었는데. 기신룡……."

"이미 떠나가 버렸으니까 얌전히 포기해. 자, 프람의 상태도 걱 정되고 하니까 이만 돌아가자! 기분이 안 좋을 땐 일단 먹고 보는 거랬어! 돌아가면 고기나 실컷 먹자!"

"……그래. 응, 그러자! 이번에는 눈치 안 보고 마구마구 먹어 주겠어!"

"바로 그거야! 나도 끝까지 어울려 줄게!"

그런 두 사람을 보면서 레오네와 리제롯테는 속닥속닥 대화를 나누었다.

"평소에는 눈치를 보면서 먹었던 거야?"

"그, 글쎄요……. 저 두 사람의 식사량은 상식으로 이해할 수 없는 수준이라……."

이리하여 잉그리스 일행은 야영지로 돌아갔다.

"다들 내 말을 들어 줘!"

야영지의 중심부. 라티가 머무는 숙소 앞.

라티가 모여있는 주민들을 향해서 진지한 표정으로 외쳤다.

그 옆에는 프람도 있었다. 사람들의 시선이 부담스러운 듯 고개를 숙이고 있었다.

잉그리스 일행이 야영지로 돌아왔을 때 프람은 이미 정신을 차린 상태였다. 그 이후로 조금 더 휴식을 취한 뒤, 라티가 이곳으로 사람들을 불러 모은 것이다.

둥글게 모여있는 주민들한테서 조금 떨어진 위치에 루인과 기사들이 있었고, 잉그리스 일행은 기사들 근처에 서서 라티의 모습을 지켜보고 있었다.

소동이 일어난 지 얼마 되지 않은 시점이었기에 주민들과 기사들 사이에는 긴장감이 감돌았다.

"크리흐. 방힘하면 안 댄하? 무흔 일히 이허날디 몰하……! (크리스. 방심하면 안 된다? 무슨 일이 일어날지 몰라……!)"

"아호 있허. 걱더하히 마, 라히……! (알고 있어. 걱정하지 마, 라니……!)"

그 와중에 잉그리스와 라피니아는 입을 우물우물 움직이느라 바빴다.

잉그리스는 기신룡과 싸우지 못해서 분한 마음을 고기를 마구마구 먹어서 풀기로 작정했고, 야영지로 돌아오자마자 그것을 실행에 옮겼다. 이렇게라도 하지 않으면 억울해서 견딜 수가 없었다.

"……혹시 방심하지 말라고 말했어?"

레오네가 묻자 잉그리스와 라피니아가 고개를 끄덕였다.

"……너희가 할 말은 아닌 것 같은데."

"긴장감이 없어도 너무 없네요……."

레오네와 리제롯테가 한숨을 내쉬는 가운데, 라티가 주민들 앞에서 말하기 시작했다.

"방금의 소동에 대해서는 자세히 들었어……! 그리고 나는 아무도 처벌할 생각이 없어……!"

라티의 말에 주민들 사이에서 안도감이 퍼져나갔다.

비록 소동을 주도한 사람은 이안이지만, 결과적으로 기사단에 무기를 들이대는 사태로 발전된 것도 사실이었다. 심지어 프람은 중상을 입기까지 했다.

소동에 참여한 사람들을 찾아내서 체포하라고 말했어도 이상하지 않았다.

"그리고 처벌할 생각이 없는 건 이 녀석도 마찬가지야."

그렇게 말한 라티는 프람의 곁으로 다가가 어깨에 손을 얹었다.

"하림이 저지른 만행은 용서받지 못할 짓이지……. 그러니 녀석의 동생인 프람을 용서할 수 없다는 말도 이해는 돼. 그게 너희들의 솔직한 심정이겠지. 아무리 하림과 프람이 별개의 인물일지라도 감정적으로 순순히 납득하기는 힘들 거야."

"우물우물……."

신룡의 고기는 이런 때마저도 맛있었다.

잉그리스는 고기를 씹으며 라티의 말에 고개를 끄덕였다.

죗값은 죄를 저지른 자가 치르는 것이 상식이다.

따라서 프람에게 하림의 죄를 묻는 것은 결코 칭찬받을 일이 아니었다. 하지만 피해자들의 갈 곳 없는 감정이 그것을 바라는 것도 사실이었다.

레오네도 이로 인해서 괴로운 경험을 겪어야 했다.

사람들을 올바른 법과 규범으로 이끄는 것이 좋은 왕이라면, 사람들의 마음을 헤아릴 줄 아는 것도 좋은 왕이다. 하지만 지금처럼 전자와 후자가 모순되는 경우도 존재했다.

어느 한쪽이 정답이라고 할 수는 없었다. 결과는 상황에 따라 달라지기 때문이다.

그리고 똑같은 행동이라도 누가 했느냐에 따라서 결과가 달라진다.

결국 자신이 옳다고 생각하는 길을 밀고 나가는 수밖에 없었다.

"그러니까…… 나도 솔직하게 내 마음을 털어놓겠어……!"

잉그리스가 지켜보는 가운데, 라티의 눈빛에 강한 의지가 깃들었다.

"나는 이 나라의 왕자로서 이 녀석을, 프람을 부인으로 맞이할 것을 선언한다!"

""에에에에엑?!""

""오오오오오오?!""

""뭐, 뭐라고……?!""

다양한 감정이 뒤섞인 소리가 터져 나오며 광장이 삽시간에 소란스러워졌다.

"하림의 죄가 프람의 죄라면, 프람의 죄도 나의 죄야! 그리고 나는 앞으로의 인생을 바쳐서 속죄해 나가려고 해! 이곳 릭클레어를 부흥시켜서 반드시 이전보다 풍족한 마을로 만들어 보이겠어! 그러니…… 나한테 조금만 시간을 줘! 이렇게 부탁할게……!"

라티는 주민들을 향해서 머리를 깊이 숙여 보였다.

"자, 잠깐만요, 라티……! 저는……!"

"뭐야, 지금 와서 싫다고 하려고……?! 관둬! 벌써 말해 버렸 잖아."

"하, 하지만……. 그래도……. 흑…… 흐으윽……."

"! 지금은 울고 있을 때가 아냐. 일단은 너도 머리를 숙여……!"

"아, 알겠어요……!"

그렇게 나란히 머리를 숙이는 두 사람.

짝짝짝짝!

제일 먼저 박수를 보낸 것은 잉그리스 옆에 서 있던 라피니아 였다.

"다했더! 아후 다했더! 후카해! (잘했어! 아주 잘했어! 축하해!)"

문제는 입 속에 고기가 가득 들어있다는 점이었다.

눈물을 글썽이면서 입을 우물우물 움직이고 박수까지 치느라 아주 바빠 보였다.

"라히! 후카를 할 허면 제대호 해하디……! (라니! 축하를 할 거 면 제대로 해야지……!)"

"잉그리스도 마찬가지야……! 라티와 프람한테 실례잖아!"

레오네도 잉그리스와 라피니아를 혼내면서 박수를 보냈다.

"저희도 라티의 의견에 찬성이에요! 응원하고 있어요!"

리제롯테도 그렇게 말하며 박수를 보냈다.

잉그리스를 제외한 세 소녀의 눈동자는 동경심으로 반짝반짝 빛나고 있었다.

반면에 잉그리스는 무덤덤하게 다른 생각을 하고 있었다.

잉그리스는 결혼할 마음이 없으므로 프람처럼 고백을 받는다면 당연히 거절하겠지만, 문제는 거절당하는 사람 쪽이었다. 만약 이렇게 많은 사람 앞에서 고백해 놓고 거절당한다면 얼마나 부끄러울까 싶었다.

다행히 프람은 거절할 생각이 없었는지 기우로 끝났다.

잉그리스도 딱히 반대할 생각은 없었다.

풋내 나는 광경이지만 눈부시고 흐뭇한 광경이기도 했다.

짝짝짝짝!

그리고 잉그리스 일행을 제외한 사람들도 박수를 보내기 시작했다. 그렇게 시작된 박수갈채는 점점 더 성대해져 갔다.

이곳에 모인 주민들은 릭클레어를 부흥시키려는 라티 왕자를 믿고 모인 자들이었다. 저마다 사연이 있기는 해도 그 마음 하나는 똑같았다.

라티가 하는 말이니 당연히 따라야 한다고 생각하는 자도 있을 것이고, 순수하게 라티의 각오와 자세에 감명을 받은 자도 있을 것이다. 아직 납득은 되지 않아도 라티의 말이라서 상황을 지켜보기로 한 자도 분명히 있을 것이다.

"나는 프람 씨를 믿어……! 몸을 던져서 날 구해줬다고! 인기를 얻자고 할 수 있는 행동이 아니었어! 진심으로 우리를 걱정하고 있는 거야!"

개중에는 프람이라는 인물을 신뢰하기 시작한 자도 있었다. 프람이 입은 상처도 헛되지만은 않았던 셈이다.

어쨌든 한동안 오늘과 같은 소동이 일어날 걱정은 하지 않아도 될 듯했다.

"좋아! 쇠뿔도 단김에 빼랬다고, 여기서 그 말이 진심이라는 증명해 버리는 거야! 키스해라! 키스해! 키스해!"

불현듯 라피니아가 큰 소리로 라티와 프람을 부추기기 시작했다. 마치 술주정뱅이 아저씨 같았다. 숙녀답지 못한 행동이었다.

"뭐⋯⋯?! 억지 부리지 마! 이 많은 사람 앞에서 키스하라니⋯⋯! 게다가 나는 아직 한 번도⋯⋯!"

라티가 얼굴을 새빨갛게 물들이며 라피니아에게 따지고 들었다.

"라, 라니⋯⋯ 그쯤 해둬. 라티와 프람이 곤란해하잖아."

"그렇지만 사람들한테 맹세의 증거를 보여주는 것도 중요하다고 생각해! 그렇지?!"

"맞아!"

"맞아요!"

라피니아와 달리 평소 행실이 바른 레오네와 리제롯테마저도 동조하고 나섰다.

그리고 주위에서도 환성이 일기 시작하면서 묘한 기대감이 라티와 프람을 에워쌌다.

"하여간 못 말려⋯⋯."

이렇게 되면 손쓸 방법이 없었다.

결국 잉그리스는 남아있던 꼬치구이나 먹으면서 지켜보기로 했다.

바로 그때 프람이 행동에 나섰다. 라티에게 얼굴을 슥 들이대는가 싶더니, 발꿈치를 들어 올리며 입술을 포갰다.

"……!"

눈을 휘둥그레 뜨는 라티.

""""오오오오오오오!""""

그리고 쏟아지는 환성.

"뭐, 뭘 하는 거야, 프람! 부끄럽지도 않아……?!"

"후후후훗. 이건 제 대답이에요. 평생을 함께할게요. 잘 부탁드려요."

눈물로 젖은 뺨과 둘도 없는 미소. 지금의 프람은 그 누구보다도 빛나 보였다.

"그, 그래……. 알았어."

화목한 두 사람의 모습에 라피니아는 흥분을 주체하지 못하는 눈치였다.

"봤어, 봤어, 봤어?! 꺄아악! 대담해라!"

"봤어요! 굉장히 유익한 광경이었어요!"

"부럽다. 내게도 저런 사람이 있었다면 인생이 조금은 달라졌을까……?"

레오네도 기뻐 보이기는 했지만, 무심코 프람과 자신을 비교해 버린 모양이었다.

비교할 만도 했다. 레오네에게는 가장 힘들 때 곁에서 고통을 나누고, 지켜줄 왕자님 같은 존재가 없었다. 레오네는 줄곧 혼자서 오르파 가문의 오명을 짊어져 와야 했다.

"뭐, 레오네는 우리가 있잖아."

"맞아! 크리스 말대로야!"

"왕자님은 아니지만 그래도 머릿수는 더 많네요."

"후후, 그렇네. 다들 고마워……."

숙소 앞의 광장이 이곳의 미래를 암시하는 듯한 따뜻한 분위기로 물들었다.

"라티 왕자님! 라티 왕자니이이이임!"

그런데 그때, 누군가가 머리 위에서 큰 소리로 라티의 이름을 불렀다.

하늘 저편에서 한 대의 플라이 기어가 전속력으로 날아오고 있었다.

잉그리스 일행이 전령용으로 쓰라고 빌려주었던 플라이 기어들 중 하나였다.

"……?! 난 이쪽이야! 무슨 일 있었어?!"

"예! 큰일입니다! 국경에 포진하고 있던 윈젤 왕자님의 부대가 이곳으로 진군 중입니다!"

"뭐……?! 어째서 형님이 여기로 군대를?!"

"뻔합니다, 라티 왕자님! 왕자님의 공적과 명성을 가로채려는 겁니다……!"

기사대장 루인이 라티에게 설명했다.

"뭐……?!"

"후계자 싸움이구나."

잉그리스도 루인의 견해에 동의했다.

"하지만 카랄리아군과 국경을 맞대고 있는 상황에서 군대를 이쪽으로 돌리다니, 어떻게 그런 짓을⋯⋯!"

"카랄리아군과 휴전 협정을 체결한 걸지도 모르겠네요."

"과연. 확실히 가능성이 있군. 우리 측 세력이 성장하기 전에 미리 제압해 두고 싶었던 건가? 만약 그렇다면 상대도 큰 착각을 했어⋯⋯. 차라리 잘 된 걸지도 모르겠군."

"무슨 뜻인가요?"

"너다, 잉그리스. 네 힘이라면 어지간한 병력 차는 간단히 뒤집을 수 있다. 게다가 먼저 공격한 것은 저들이니 책임 전가도 불가능하겠지. 라티 왕자님의 입지를 굳히는 계기가 될 수도 있어."

"그렇군요. 그것도 일리가 있네요."

"⋯⋯맡겨도 괜찮겠지? 그 힘, 마음껏 발휘해다오."

"⋯⋯후후후. 맡겨만 주시죠."

잉그리스가 호전적인 미소를 짓자 옆에서 라피니아가 제지하고 나섰다.

"자, 잠깐만 기다려, 크리스! 아무리 그래도 사람들을 상대로 전투를 벌이는 건⋯⋯!"

"죽는 사람이 나오지 않으면 괜찮겠지? 전부 기절만 시킬게."

"어? 그, 그러면 괜찮을지도⋯⋯?"

"아니, 잠깐! 아무리 그래도 다짜고짜 습격하지는 마! 일단 대화부터 나눠야……!"

"라티 왕자님! 라티 왕자님! 왕자님은 안 계십니까?!"

이번에는 또 다른 방향에서 플라이 기어가 날아와 라티의 이름을 불렀다.

"또야……?! 나는 여기에 있어! 무슨 일인데?!"

"예……! 저는 카랄리아군 쪽으로 향했던 전령입니다!"

두 대째 플라이 기어의 기사가 말했다.

이쪽의 상황도 알릴 겸, 알카드 영내로 진군하지 말라는 메시지를 전달하기 위해 빌포드 후작이 속한 카랄리아군에 전령을 보내 두었던 것이다.

"카랄리아 측으로부터 상황을 전달받았습니다만, 성기사단이 동쪽 베네픽과의 전선에서 패배해 퇴각 중이라고 합니다! 알카드 쪽에는 최소한의 병력만을 남기고 성기사단을 지원하러 가겠다는 전언입니다!"

"""에에에에에엑?!"""

라피니아 일행이 화들짝 놀라 외쳤다.

"그, 그럴 수가……. 오라버니가 지다니……."

"미, 믿기질 않아……! 그렇게 강한 분들이……!"

"동감이에요. 하이랄 메나스가 두 분이나 계시는데 말이죠……!"

"패인에 대해서 뭔가 아시는 점은 없나요?"

잉그리스는 침착한 태도로 전령에게 물었다.

"듣기로, 국경 부근에 안치해 놓았던 얼어붙은 프리즈마가 부활해 왕도 카랄리아 쪽으로 이동하려 했다고 합니다……! 성기사단이 프리즈마를 저지하기 위해서 이동하는 바람에 전선이 붕괴해 버렸다고……!"

"……! 알겠어요. 고맙습니다."

잉그리스는 기사에게 정중히 머리를 숙였다.

"가, 갑자기 일이 커져 버렸네. 우리는 어떻게 행동하는 게 좋을까……?"

"우리가 갑자기 없어지면 이곳도 큰 피해가 날걸! 라파 오라버니와 에리스 씨, 리플 씨는 분명 괜찮을 거야. 우리는 모두가 무사하길 바라면서 이곳에서 할 수 있는 일을 해야 해……! 이곳의 안전이 확보되면 곧장 카랄리아로 돌아가자……!"

"저도 그렇게 생각해요……! 라피니아는 어른스럽네요. 라파엘님이 걱정될 텐데도."

"후훗. 이렇게 보여도 성기사의 여동생이거든! 크리스도 동의하지? 이곳으로 오는 부대와 프리즈마. 양쪽하고 다 싸울 수 있잖아."

"아니, 그건 안 돼. 한시라도 빨리 프리즈마를 처치하러 가지 않으면 돌이킬 수 없는 일이 벌어지고 말 거야……!"

잉그리스는 라피니아의 말에 고개를 가로저으며 대답했다.

영웅왕,

극한의 무를 위해 전생하다 그리고 세계 최강의 견습 기사가 되다 8

성기사단이 패주했다는 소식을 전달받기 며칠 전. 야영지 외곽의 한 공터.

한밤중에 불현듯 새하얀 구체가 모습을 드러냈다.

"오, 오오오오오…………?!"

"뭐, 뭐야 저게?!"

"어, 엄청 크다……!"

새하얀 구체의 정체는 커다란 눈덩이였다.

그것도 사람 키의 몇 배에 달하는 무지막지하게 거대한 눈덩이.

눈덩이를 목격한 기사들과 주민들은 그 크기에 압도당하고 말았다.

"영차, 영차."

눈덩이를 굴리고 있는 인물은 물론 잉그리스였다.

이곳은 잉그리스가 후페일베인의 비늘을 가공하기 위해 이용하고 있는 장소였다. 공터 중앙에는 큼지막한 구덩이가 만들어져 있었는데, 잉그리스가 비늘을 두드리는 충격으로 땅이 꺼지며 생겨난 구덩이였다.

잉그리스는 눈덩이를 굴려 구덩이의 가장자리까지 옮긴 뒤, 잠시 숨을 돌렸다. 구덩이 바닥에는 납작한 돌들이 가지런히 놓여 있었다. 그리 꼼꼼하지는 않지만, 바닥을 포장해놓은 상태였다.

"라니~! 밀게~! 안쪽에 아무도 없지~?"

잉그리스가 건너편의 라피니아에게 물었다. 눈덩이가 너무 거대한 나머지 반대쪽이 전혀 보이지 않았다.

"아무도 없어! 밀어도 돼~!"

"알았어!"

쿠웅!

잉그리스는 거대한 눈덩이를 마저 밀어 넣었다. 들어가고 남은 눈덩이의 윗부분이 볼록하게 머리를 내밀었다.

이것으로 준비는 끝이었다.

"됐다! 얼른 시작하자, 크리스! 빨리 들어가고 싶어!"

"알았어, 라니."

"어, 잠깐만. 이거 양이 너무 많지 않아……?!"

레오네가 제지하려 했지만 때는 이미 늦었다.

잉그리스는 이미 에테르를 대량의 마나로 변환해 마법을 완성한 상태였다.

"나오너라…… 노천탕!"

화르르르르르륵!

눈덩이 한가운데에 거대한 불기둥이 솟아올랐다.

불 속성의 마법은 잉그리스가 자주 사용하는 마법이 아니었다. 하지만 꾸준한 노력으로 이만큼 다룰 수 있게 되었다.

솟아오른 불기둥은 눈 깜짝할 사이에 눈덩이를 녹여 나갔다. 그리고…….

"……?!"

옆에서 대기하던 잉그리스 일행에게 대량의 물이 쏟아졌다.

피할 새도 없었다. 완전히 물에 빠진 생쥐 꼴이 되고 말았다.

"……좀 과했나?"

"역시 눈덩이가 너무 컸어……."

"완전히 다 젖어버렸어요……."

레오네와 리제롯테가 원망스럽다는 듯이 말했다.

"탕에 들어가 있는 동안에 다 마를 거야! 덕분에 물 온도도 확인했잖아. 얼른 들어가자……!"

"아앗! 아직은 벗으면 안 돼, 라니! 사람들이 보고 있잖아……!"

옷을 벗으려는 라피니아를 황급히 말리고, 사람들을 돌려보낸 뒤.

잉그리스 일행은 자작 노천탕을 만끽하게 되었다.

"아, 기분 좋아라♪ 구덩이도 사용하기 나름이라니까!"

라피니아가 욕조에 몸을 담근 채로 말했다. 기분이 좋아 보였다.

잉그리스가 만들어 놓은 구덩이를 메우는 대신 욕조로 쓰자고 제안한 것이 바로 라피니아였다.

"그러게. 별이 올려다보이는 욕조도 나쁘지 않은걸."

"확실히 숨통이 확 트이는 기분이야."

"몸은 따끈따끈한데 공기는 서늘해서 기분 좋네요."

"그리고 이것도 보세요. 수면에 밤하늘의 별들이 반사돼서 굉장히 예뻐요……!"

"와, 정말이네. 역시 아름다운 풍경 속에서 먹는 밥은 늘 맛있다니까!"

"라니 말대로야."

잉그리스와 라피니아의 손에는 신룡의 고기로 만든 꼬치구이가 쥐어져 있었다.

그리고 물 위에 띄워 놓은 나무 접시에도 똑같은 꼬치구이가 가득 쌓여 있었다.

"꼬치구이가 멋진 광경을 다 망치네요."

"……내 말이."

"뭐 어때. 노천탕에 들어와서 술을 마시는 사람도 있는데. 고기라고 안 될 이유가 없잖아?"

"아하하하. 듣고 보니 그렇네요……. 별로 품위 있어 보이지는 않지만요."

"그런가……? 우리 집에서는 일반적인 광경이었는데. 라파 오라버니도 그렇고."

"뭐어어……?! 그 라파엘 님이? 믿기지 않는데……."

"그렇게나 산뜻하고 품위 있는 분께서 말인가요?!"

"정말이래도! 오히려 우리보다는 라파 오라버니 쪽이 더 좋아할걸."

"……그러고 보니, 어느 날 갑자기 라니가 목욕탕에 들어가서 밥을 먹자고 한 적이 있었어. 라파 오라버니한테 배운 거라면서……. 그때는 참 난감했지. 어쩔 수 없이 같이 들어가 주기는 했는데, 라니가 해산물 스튜를 욕조 안에다 쏟아버리는 바람에…….

정말 그런 난리가 없었다니까. 라니는 엉엉 울고, 목욕물은 스튜 때문에 엉망진창이 되어버리고."

"아하하…… 그, 그랬나? 잘 기억이 안 나네~. 몇 살 때 이야기 더라?"

"다섯 살 때 이야기야. 기억력에는 자신이 있거든."

10년 전의 일이었지만, 이미 그때부터 어른이었던 잉그리스의 감각으로는 최근의 일이나 마찬가지였다.

"그 조그마했던 라니가 이렇게 훌륭하게 성장하다니. 세월도 참 빠르네."

잉그리스는 라피니아의 성장을 돌이켜보면서 감회에 빠졌다.

"울컥! 훌륭하게 성장하기는 누가! 나는 전혀 성장하지 않았 네요……!"

하지만 어째서인지 라피니아는 잉그리스의 말이 마음에 들지 않는 모양이었다.

"어어? 아니야, 성장했어."

"성장은 무슨! 여기가 이렇게 납작한데……!"

자신의 평평한 가슴을 두드리는 라피니아.

"크리스는 참 좋겠네. 조그만 라니를 놔두고 혼자서만 훌륭하 게 성장해서……! 그래서 그렇게 여유로운 거구나……!"

"그, 그런 뜻이 아니라, 전반적으로 골고루 성장했다는……."

"됐고, 혼자서만 커지다니 치사하다 이거야. 아, 몰라. 부러우 니까 만져야겠다!"

"에엑……?! 그런 게 어딨…… 히익……?! 그, 그만! 이러다 고기를 떨어트리겠어……!"

"음후후훗 ♪ 떨어트리고 싶지 않으면 얌전히 있어!"

"으윽?! 너, 너무해……!"

"그건 그렇고, 라파 오라버니는 건강할까. 이렇게 오라버니에 대해서 이야기하다 보면 만나고 싶어지더라……. 빨리 오라버니한테도 신룡의 고기를 먹여주고 싶은데. 분명 굉장히 기뻐할 거야. 그렇지, 크리스?"

"으, 응. 기뻐하긴 하겠지만…… 그보다 손! 가슴에서 손을 떼……!"

"싫네요 ♪ 크리스가 반성할 때까지 이대로 있을 거야."

"지금쯤이면 라파엘 님은 베네픽과의 국경 지대에 계시겠네. 그쪽의 전황은 어떻게 돌아가고 있으려나……."

레오네가 잉그리스와 라피니아의 모습을 곁눈질로 살피며 말했다.

"성기사단에 에리스 님, 리플 님까지 계시니 웬만하면 괜찮을 테지만……. 베네픽 측도 하이랄 메나스와 특급 마인을 지닌 기사를 전선에 투입했을지도 모르니까요……."

"있잖아, 리제롯테. 잘 몰라서 그러는데, 베네픽에도 하이랄 메나스와 성기사가 있는 거지?"

"네. 그럴 거예요. 특히 붉은 사자라는 이명이 있는 로슈폴 장군은 기사 아카데미 시절의 라파엘 님과 대외 시합에서 맞붙었다고 들었어요. 결과는 호각이었다나 봐요. 저희 아버님께서 말씀하시길 로슈폴 장군도 특급 마인을 가진 기사라는 모양이에요."

"라파엘 오라버니와 호각인 상대라……."

베네픽과 카랄리아는 오랜 세월 적대 관계에 있었고, 베네픽의 침략 행위는 최근까지도 끊이질 않았다.

이를 뒤집어 말하면 카랄리아에 대항할 만한 힘을 지니고 있다는 뜻이기도 했다. 특급 마인을 지닌 기사와 하이랄 메나스를 소유하고 있는 것도 당연하다 할 수 있었다. 동쪽의 국경 상황이 본격적으로 분쟁 상태에 돌입한다면…… 이들이 전면에 등장할 가능성도 충분히 있었다.

상당히 흥미로운 전장이었다.

"후후후…… 이쪽 문제를 해결한 뒤의 즐거움이 생겼네. 이곳 일이 마무리되면 도와주러 가자. 훈제 용고기를 직접 선물해 줄 수도 있잖아. 오라버니가 기뻐하는 얼굴을 볼 수 있을 거야, 라니."

"그러네. 후후후후…… 그러면 나는 라파 오라버니가 크리스의 가슴을 보고 기뻐할 수 있도록 잔뜩 주물러서 키워 놔야지! 맛있는 고기와 귀여운 크리스. 양쪽 모두 라파 오라버니한테는 최고의 선물이니까!"

"라, 라니……! 무슨 짓을…… 히익……?! 그, 그만둬, 그만두래도!"

아름다운 밤하늘 아래, 이후로도 한동안 잉그리스의 비명이 울려 퍼졌다.

후기

먼저, 이 책을 읽어주셔서 진심으로 감사드립니다.

영웅왕, 극한의 무를 전생하다 6권이었습니다. 재미있게 읽으셨기를 바랍니다.

이번 권도 본업이 바쁜 나머지 마감 기한을 연장하는 등의 문제가 있었습니다만, 그래도 이렇게 여러분께 선보일 수 있었습니다. 무사히 출간되어서 다행입니다.

이전 권의 후기에서도 잠깐 언급했습니다만, 결국 회사를 퇴직하고 한동안 전업 작가로 활동하게 되었습니다. 몇 년 후에는 엉엉 울면서 겸업으로 되돌아가 있을지도 모르지만요. 그래도 그때는 이전에 다니던 회사에서 다시 고용해 주신다는 모양입니다. 감사할 따름입니다.

어쨌든, 앞으로는 기존의 페이스를 되찾아 분발해 나가려고 합니다!

마침 이야기도 중요한 전환점에 접어들었으니 본격적으로 써나가고 싶습니다.

마지막으로 담당 편집자 N 님, 일러스트를 담당해 주신 Nagu 님, 그리고 각 관계자분. 이번에도 발매를 위해 애써주셔서 감사드립니다. 그러면 이쯤에서 물러나도록 하겠습니다.

아크로드 이벨의 책략에 의해 귀중한 식량이자
훈련 상대인 신룡 후페일베인을 빼앗겨
크게 낙담한 잉그리스

**하지만 이런 일 정도는
사소하게 여겨질 만한 사태가
임박해 오고 있었다.**

"내가 어떻게든 할게.
나는 라니의 종기사니까."

**손녀딸처럼 소중한 라니를 슬프게 하지 않기 위해
잉그리스가 선택한 길은……?**

영웅왕,
극한의 무를 위해 전생하다
그리고 세계 최강의 견습 기사가 되다 ♀

Eiyu-oh,
Bu wo Kiwameru tame
Tensei su
Soshite, Sekai Saikyou no
Minarai Kisi "♀".

7

Eiyu-oh, Bu wo Kiwameru tame Tensei su. Soshite, Sekai Saikyou no Minarai Kisi "우". 6
©Hayaken
Originally published in Japan in 2021 by HOBBY JAPAN CO., Ltd.
Korean translation rights ©2021 by Somy Media, Inc.

영웅왕, 극한의 무를 위해 전생하다 ~그리고 세계 최강의 견습 기사가 되다~ 6

2022년 05월 15일 1판 1쇄 발행

저   자 하야켄
일 러 스 트 Nagu
옮 긴 이 마일도
발 행 인 유재옥
본 부 장 조병권
편 집 1 팀 김혜연 박소연
편 집 2 팀 박치우 정영길 조찬희
편 집 3 팀 곽혜민 오준영 이해빈
라이츠담당 이승희 한주원
디 지 털 김지연 박상섭 최서윤
미   술 김보라 박민솔
발 행 처 ㈜소미미디어
인쇄제작처 ㈜코리아피엔피
등   록 제2015-000008호
주   소 서울시 마포구 토정로222, 403호 (신수동, 한국출판콘텐츠센터)
판   매 ㈜소미미디어
마 케 팅 박종욱
전   화 (02)567-3388, Fax (02)322-7665

ISBN 979-11-384-0859-2 04830
ISBN 979-11-6507-980-2 (세트)